EL BARCO DE VAPOR

Virgilio o el genio moderno

Fernando Lalana
y José M.ª Almárcegui

Primera edición: mayo 2003
Segunda edición: octubre 2004

Colección dirigida por Marinella Terzi
Ilustraciones: José María Almárcegui

© Fernando Lalana y José María Almárcegui, 2003
© Ediciones SM, 2003
  Impresores, 15
  Urbanización Prado del Espino
  28660 Boadilla del Monte (Madrid)

ISBN: 84-348-9479-3
Depósito legal: M-36054-2004
Preimpresión: Grafilia, SL
Impreso en España / *Printed in Spain*
Imprenta SM

> Queda prohibida, salvo excepción prevista en la Ley, cualquier forma de reproducción, distribución, comunicación pública y transformación de esta obra sin contar con la autorización de los titulares de su propiedad intelectual. La infracción de los derechos de difusión de la obra puede ser constitutiva de delito contra la propiedad intelectual (arts. 270 y ss. del Código Penal). El Centro Español de Derechos Reprográficos vela por el respeto de los citados derechos.

PREFACIO

Tras combatir juntos contra los nazis en la II Guerra Mundial, la Unión Soviética y los Estados Unidos (o sea, los rusos y los americanos, para entendernos) empezaron a llevarse fatal, fatal. Pronto se enzarzaron en una guerra bastante rara a la que llamaron "la guerra fría". En la guerra fría, en lugar de lanzarse bombas y cañonazos, rusos y americanos se lanzaban espías y agentes secretos.

Una de las batallas más gordas de la guerra fría fue la denominada "carrera espacial", una especie de competición entre los dos países para demostrar cuál era más poderoso en cuestiones siderales.

Durante muchos años, los rusos llevaron la delantera en la carrera espacial.

En 1957, cuando los americanos aún no sabían ni tirar derecho un cohete de verbena, los rusos pusieron en órbita el primer satélite artificial, el Sputnik I. En 1960 enviaron al espacio al primer animal: la perra Laika, que se hizo famosísima. Al año siguiente, un ruso llamado Yuri Gagarin se convirtió en el primer astronauta de la historia. Y dos años más tarde, Valentina

Tereshkova fue la primera mujer en salir al espacio exterior en una cápsula espacial.

Es justo en ese momento cuando comienza nuestra historia: la desconocida historia del proyecto "Los Ángeles" y de Virgilio Valbuena, el primer niño astronauta.
En plena guerra fría.
En plena carrera espacial.

1. USA

DESIERTO DE LOS ÁLAMOS (NUEVO MÉXICO)
BASE MILITAR ULTRASECRETA DE POTALES

19 de junio de 1963

—¡Maldición! –gritó el general Wilson, golpeando la mesa con el puño y volcando su taza de café sobre unos papeles marcados con el sello de "TOP SECRET". De inmediato, se levantó, apagó el aparato de radio por el que acababan de llegarle tan nefastas noticias y pulsó repetidas veces el botón del interfono que le comunicaba con su secretaria, la alférez Walters.

—¡Walters! ¡Venga aquí ahora mismooo! ¡Walteeers!

La secretaria del general apareció en la puerta del despacho cinco segundos más tarde.

—¡Señor!

—¡Búsqueme a los doctores Watson y Winter! ¡Y que se presenten aquí de inmediato! ¿Me ha oído? ¡De inmediatooo!

—¡Señor, sí, señor! Ah, por cierto, señor...

—¿Qué pasa?

—Está aquí el operario de la empresa Intercom. Viene a arreglar el interfono.

—¿El interfono? ¿Es que funciona mal?

—No funciona en absoluto desde la semana pasada, señor.

—¡Atiza! ¿Y cómo es que usted me oye, a pesar de todo, Walters?

La alférez, por toda respuesta, sonrió bobamente y se encogió de hombros.

Media hora más tarde, el general Wilson y los doctores Watson y Winter se reunían en el cubículo de alta seguridad del cuarto sótano, la zona más secreta de la base militar, con el agente especial de la CIA[1], míster Walthon, recién llegado de Washington, y que tenía aún peor genio que el general Wilson.

—Les explicaré cuál es la situación, señores –vociferó Walthon–. ¡Estamos haciendo un papelón ante el mundo entero! ¡Los rusos nos las están dando todas en el mismo carrillo! Primero, lanzaron el Sputnik; luego, enviaron el primer perro al espacio; hace dos años, el primer astronauta...

---

[1] CIA: siglas en inglés de Agencia Central de Inteligencia, el servicio secreto de los Estados Unidos.

—Lo recuerdo: maldito Gagarin –rezongó el general Wilson–. Todavía tengo pesadillas con él.

—Y ahora... ¡toma! ¡La primera mujer sideral!

—¡Y encima, se llama Tere! –vociferó el general Wilson, indignadísimo–. ¡Tere Escoba, que lo he oído por la radio! A mí eso, la verdad, me suena a pitorreo soviético. Es como si los rusos dijeran: «Nosotros podemos mandar al espacio hasta a la señora de la limpieza».

—Pero... no es Tere Escoba, mi general –le corrigió suavemente el doctor Winter–. Es Tereshkova. Valentina Tereshkova.

—Ah, ya... Bueno, como sea. ¡Pero no me negarán que suena a recochineo! ¡Malditos comunistas! En cuanto nos descuidemos, ponen en órbita a la primera suegra y vuelven a dejarnos en ridículo.

—¡Bueno...! –exclamó el doctor Winter, que se llevaba a matar con su madre política–. Eso sí que sería una demostración de poderío.

—La situación no puede continuar así por más tiempo, señores –concluyó el agente especial Walthon–. ¡Estamos perdiendo la carrera espacial! ¡Tenemos que recuperar nuestro prestigio! ¡Tenemos que ser los primeros en algo!

Winter, Watson y Wilson asintieron con patriótica firmeza. Pero no rechistaron. Walthon abrió los brazos de par en par.

—¿Y bien? ¿Qué? ¿Alguna idea?

El militar y los dos sabios carraspearon durante unos segundos. Por fin, el general Wilson alzó la mano.

—¿Y si enviamos al espacio al Pato Donald? Seguro que los rusos no han pensado en algo así.

Walthon lanzó sobre el militar una mirada asesina. Luego, suspiró largamente.

—Se lo comentaré al presidente, a ver qué le parece. ¿Alguna otra propuesta, señores?

El doctor Watson fue quien tomó en ese instante la palabra, por primera vez.

—Verá, agente Walthon: existe un proyecto... un proyecto secreto. Un proyecto muy, muy secreto... El proyecto "Los Ángeles", se llama.

—No lo conozco –dijo Walthon.

—Hombre, ya le digo que es secreto. Se trata de un complejo experimento científico en el que se incluye la posibilidad de enviar al espacio durante una larga temporada... a un niño de corta edad.

—¡Un niño! –exclamó Walthon, llevándose las manos a la cabeza–. ¿Un niño, dice usted? Pero ¿a quién se le ha ocurrido semejante cosa?

—Ya, ya sé que, dicho así, suena a barbaridad pero...

—¿Barbaridad? ¡Es genial! ¡Fantástico! ¡Rotundamente visionario! Según nuestros espías, los rusos no tienen previsto enviar a ningún niño al espacio. ¡Sí! ¡Volveremos a asombrar al mundo! ¡Como en Hiroshima! ¡El primer niño astronauta será norteamericano! *Well! Very well, doctor!*

El doctor Watson torció el gesto.

Verá, señor Walthon... hay un pequeño problema: el proyecto "Los Ángeles" está paralizado desde hace meses.

—¡Pues lo desparalizamos! ¡Valiente cosa!

—Déjeme primero que se lo explique todo, ¡caramba!

—Vaaale. Si se va usted a sentir mejor...

Y así, durante varios minutos, el doctor Watson, con la ayuda del doctor Winter, puso al agente especial Walthon y al general Wilson al corriente de aquel curioso proyecto ideado por dos profesores de la Universidad de Columbia, seguidores incondicionales de las teorías de don Santiago Ramón y Cajal.

—Cajal consideraba que el cerebro humano se comporta como... como un *soufflé* –explicó Winter, muy didáctico, tras un largo preámbulo–. De modo que, si le aportamos los ingredientes justos en el momento preciso, se hincha satisfactoriamente, alcanza su dimensión correcta y está riquísimo. En cambio, si las condiciones no son buenas, se viene abajo, se espachurra, se endurece, y acaba por no servir para nada.

—¿Y a un tipo que dice esas majaderías le dieron el premio Nobel? ¡Buoh! Estos suecos... –comentó el general Wilson, despectivamente–. Sinceramente, yo siempre he preferido el premio Pulitzer.

—El caso es que uno de nuestros más eminentes neurólogos, el profesor Westinghouse, gran admirador de Cajal, mantiene la teoría de que si a un cerebro aún tierno y en formación, como es el de un niño de seis años, se lo coloca en situación de ausencia de gravedad, sus neuronas se desarrollarán mejor, más rápidamente y de modo mucho más fructífero de lo que lo harían aquí, en la Tierra.

—Así nació el proyecto "Los Ángeles" –continuó el doctor Winter–. La idea era seleccionar niños de alto cociente intelectual y mandarlos una temporadita a dar vueltas por el espacio exterior. De allí regresarían siendo muchísimo más listos. Unos años más tarde, esos niños se convertirán en una legión de sabios que colocarán a nuestro país muy por delante de China y de la Unión Soviética en todos los campos de la ciencia, la técnica y el conocimiento.

—Un magnífico planteamiento. Y muy americano.

—Sin embargo, como ya le digo, el proyecto quedó paralizado debido a los riesgos que entrañaba.

—¿Riesgos? ¿Qué riesgos? –preguntó Walthon.

—Hombre... Dado el actual grado de desarrollo de nuestra industria espacial, las posibilidades de que los niños se nos desintegren, se nos pierdan en el espacio o se nos achicharren en el viaje de regreso, son bastante altas. Eso nos daría muy mala imagen ante el resto del mundo.

Walthon sonrió con suficiencia.

—Esos detallitos déjelos en manos de la CIA –dijo siniestramente.

LA SELECCIÓN

Dos días después, el doctor Watson y el agente especial Walthon se personaron en la Agencia Gubernamental para el Aprovechamiento de Huérfanos Superdotados (SHAGA), situada en San Luis, Missouri.

El carnet de la CIA de Walthon les abría todas las puertas. Tras atravesar cuatro, consiguieron llegar al despacho del director del centro, el profesor Wack.

—La situación de nuestro país en la carrera espacial con los rusos es insostenible, profesor Wanck –dijo el agente Walthon.

—Lo sé. Pero mi apellido es Wack. Wack –dijo Wack.

—¿Wackwack? –preguntó Walthon.

—No. Wackwack, no –gruñó Wack–. Wack. Solo Wack.

—Pues me habían dicho Wanck. ¿Seguro que no es Wanck?

—No, no es Wanck. Es Wack. ¡Wack! ¡Si lo sabré yo!

—Bien. Tomo nota, profesor Wanck. Digo, Wack. Ahora, déjeme que se lo explique claramente y sin rodeos: necesitamos poner de nuevo en marcha el proyecto "Los Ángeles". Y traigo el encargo del Gobierno de los Estados Unidos de escoger al candidato ideal.

Wack leyó lentamente los papeles y autorizaciones que le presentaba Walthon. Por fin, se encogió de hombros.

—No comprendo nada de lo que pone en estos papeles, así que supongo que todo estará en regla, agente Walthon –dijo Wack, mientras se levantaba y cogía un álbum fotográfico de su estantería–. Aquí tiene usted las fichas personales de todos nuestros muchachos. Dos docenas de niños prodigio, sometidos a un intensivo entrenamiento mental a base de ajedrez y crucigramas. Todos ellos, además, huérfanos y sin familia cercana.

Wack entregó el álbum a sus visitantes. El doctor Watson lo ojeó con atención mientras Walthon apenas le concedía importancia.

—Perfecto, profesor –dijo el hombre de la CIA–. Díganos cuál de los niños le parece más adecuado para nuestros propósitos.

Wack se acarició el mentón durante varios segundos.

—Bueno... Para otros proyectos relacionados con niños prodigio, lo lógico sería escoger al más listo de todos. En este caso, nos quedaríamos con Waldo Williams, ocho años, un genio de las matemáticas, bien dotado también para la música. Habla cuatro idiomas y posee conocimientos amplios de taquimecanografía. Sin embargo...

—¿Qué?

—Como responsable de esta institución y atendiendo a los altos riesgos que supone el proyecto "Los Ángeles", yo creo que sería un desperdicio utilizar a Waldo.

—Vaya por Dios... –dijo Walthon.

—En su lugar les propongo a este otro muchacho –dijo el profesor Wack, volviendo la página del catálogo–. Un gran estudiante, también. Buen bailarín y un genio evadiendo impuestos: Boris Barishnikov.

—¡No fastidie, profesor! ¿Un ruso?

—Lituano.

—No, hombre, no. Ni hablar. Eso es hacerles el juego a los bolcheviques. Imagínese los titulares del *Pravda*: "Gran éxito espacial americano: Envían a un niño al espacio... ¡y resulta que es ruso!".

El profesor Wack volvió a acariciarse la barbilla mientras Watson seguía estudiando una por una las páginas del catálogo de niños portentosos.

—Pues... si no quiere usted al lituano, agente Walthon, creo que nuestras posibilidades se centran inevitablemente... en Virgilio. Es la última ficha.

El doctor Watson pasó con rapidez las páginas del álbum hasta llegar al final.

—¿Este? –preguntó Walthon, alzando las cejas.

—Yes.

—Un poco canijo ¿no? ¿Quién es?

—Su nombre es Virgilio Valbuena. Cumplirá pronto los siete años.

—Valbuena... Al menos, no es ruso. Aunque tampoco es un nombre muy americano que digamos.

—¡Precisamente! Si algo sale mal, no perderemos a un auténtico norteamericano. Virgilio es uruguayo, creo... o español... Bueno, no sé. De uno de esos países tropicales llenos de mosquitos.

—¿Y por qué no es negro? Yo creía que todos los españoles eran negros.

El doctor Watson no pudo evitar una sonrisa burlona.

—Vamos, Walthon, no sea usted ignorante. Debería saber que la mitad de los españoles son negros y la otra mitad, blancos. Dependiendo de si viven en la jungla o en las llanuras.

—Aaah... pues, desde luego, este Virgilio pertenece al grupo de los blancos. De los blancos muy blancos. ¿Qué le pasa en el pelo? ¿Se lo lavan con lejía?

—¡Qué gracioso es usted, Walthon! Me recuerda a Bob Hope. No, hombre. Es que Virgilio es albino.

—¿Pero no me ha dicho que es español? ¿En qué quedamos?

—El albinismo es un defecto genético. Falta de melanina. Un pigmento de la piel.

—Ah, ya... Melamina, claro. Mi cuñado, que es instalador de muebles de cocina, habla maravillas de ella. ¡Ejem...! Bueno, bueno... ¿Y qué? Será también muy listo este Virgilio ¿no?

—Debo reconocer que Virgilio entró en nuestro centro por los pelos y es de lo más flojito que tenemos aquí. Con todo, posee un cociente intelectual de ciento cincuenta.

—¡Anda! Pues igual que yo.

Wack miró a Walthon con sorpresa.

—¿Tiene usted un cociente de ciento cincuenta, agente?

—Pues sí. Eso me salió en el test de ingreso en la CIA. Bueno, ahora que lo pienso... no estoy seguro de si eran ciento cincuenta o cien, coma, cincuenta. Pero por ahí le iba.

—Aunque sea hispano, el chico hablará inglés, supongo –preguntó Watson.

—Por supuesto –respondió Wack–. No solo habla inglés correctamente sino que, viendo películas de Alberto Sordi, ha aprendido a chapurrear el italiano. En serio, agente Walthon: yo creo que es el candidato ideal para sus propósitos.

—No sé, no sé... ¿Y no sería mejor un niño más listo? Con un cociente de trescientos o cuatrocientos, por ejemplo. Es que ciento cincuenta, la verdad, me parece poco para este pedazo de proyecto.

Wack se rascó concienzudamente la ceja derecha.

—No crea. Se trata de comprobar si la ausencia de gravedad hace mejorar el cerebro ¿no? Pues cuanto menos listo sea el sujeto, más se notará la diferencia. ¿No le parece? Además, Virgilio es un chico muy formal y obediente. Y también muy educado. Nunca dice palabrotas, como los demás superdotados. Y come poquísimo.

—¡Ah! Eso es importante. Porque como tendrá que llevarse comida para todo el viaje, cuanto menos coma, mejor. Más sitio y menos peso.

—¿Lo ve? Lo que yo le digo: es el sujeto perfecto.

—Sí, sí, sí... Puede que tenga usted razón –reconoció el agente de la CIA–. Me gusta, me gusta: huérfano, extranjero, listillo pero sin pasarse, educado... Creo que presenta el frontal ideal.

—El perfil.

—Sí, bueno, eso: que es perfecto, se mire por donde se mire. De acuerdo entonces, profesor Wanckwack. Nos quedamos con él. Eso sí: como la cosa salga bien, lo llamaremos Virgil. Virgil... ¡Taylor! ¿A que suena bien?

—De cine.

PRIMER CONTACTO

¡Atención, atención!
¡Virgilio Valbuena, preséntese en
Información con su equipaje completo!
¡Virgilio Valbuena!

Tres minutos después, Virgilio apareció en el *hall* de la SHAGA, falto de aliento, arrastrando con dificultad una gran maleta de cartón con todas sus pertenencias, y se dirigió al recepcionista. Se le veía un poquitín nervioso.

—Hola, Willie. Me han llamado por los altavoces. Yo creo que, por fin, me han adoptado, porque me han dicho que venga con todo el equipaje. Bueno... pues aquí estoy.

—Ah, sí. Muy bien, Virgilio. Y qué rápido.

—Yo siempre tengo hecha la maleta, por si me llaman de repente. Nunca sabes cuándo va a aparecer un bondadoso matrimonio de Arkansas o Colorado que te quiera adoptar. Por cierto... ¿quiénes son mis nuevos padres?

Willie lanzó una mirada sobre Watson y Walthon, que esperaban al fondo del amplísimo recibidor. El primero, sentado en un sofá. El segundo, contemplando las orlas de fin de curso colgadas de las paredes.

—¿Esos? –dijo Virgilio–. Pero yo esperaba... un padre y una madre, como todo el mundo.

—Pues, *amigo*[2], eso es lo que hay.

En ese momento, el doctor Watson advirtió la presencia del chico. Se levantó, alertó a Walthon, y ambos se dirigieron hacia Virgilio. El agente secreto le tendió la mano.

—Muchacho, soy el agente especial Walthon, de la CIA. Estoy encantado de conocerte. Este señor con gafas es el doctor Watson. Trabaja en un complejo científico ultrasecreto de Nuevo México.

—¡Hola, Virgilio, machote! –dijo el doctor Watson, sonriendo forzadamente.

—Mucho gusto –dijo Virgilio–. Por cierto, ¿prefieren que les llame papás o padres?

Watson y Walthon se miraron, algo azorados. El científico acarició torpemente el cabello blanquísimo de Virgilio.

—Yo, la verdad, preferiría que me llamases por mi nombre de pila: Ulysses.

—A mí podrías llamarme por mi nombre en clave –propuso Walthon–. Pero como es secreto, no te lo puedo decir.

Virgilio frunció el ceño. Miró detenidamente a aquellos dos adultos tan raros y que tan falsamente le sonreían. Enseguida comprendió.

---

[2] En español en el original.

—Pero, entonces... ustedes no me han adoptado.

—Pues... no exactamente. Verás, Virgilio...

—Has sido seleccionado para participar en un importantísimo programa del gobierno –le explicó Walthon–. Vas a recibir un sofisticado entrenamiento y cuando todo termine serás considerado un héroe nacional y paseado en coche descapotable por la Quinta Avenida. ¿Estás contento?

Virgilio tragó saliva antes de responder:

—Sí, mucho. Mientras no llueva...

EL ENTRENAMIENTO

Durante los siguientes meses, Virgilio fue sometido a un duro entrenamiento.

Trasladado al Centro Espacial de Cabo Cañaveral, en Florida, Virgilio tuvo que asimilar las más variadas técnicas y conocimientos. Desde dominar el código Morse a caminar con botas de plomo, tirarse en paracaídas o soldar con estaño.

Recibió clases de electricidad, electrónica, mecánica, termodinámica, física, química y criptografía. Y un cursillo de buceo.

Los doctores Watson y Winter y el resto del personal del complejo espacial pronto le tomaron cariño. La verdad es que Virgilio, tal como había previsto el doctor Wack, nunca daba problemas. Pasase lo que pasase, siempre parecía conforme.

—Despierta, Virgilio, que son las seis de la mañana.

Y Virgilio se despertaba.

...

—Hoy tenemos sesión de centrifugadora, Virgilio.

Virgilio se encogía de hombros y decía:
—¡Buf! ¡Vamos allá!
...

—Hoy salimos de la base, Virgilio.
—¿Una excursión? ¡Qué bien! ¿Adónde vamos, doctor Winter?
—Vamos a hacer una prueba de supervivencia.

Y Virgilio se pasaba el día entero en una balsa neumática, en mitad del Atlántico, aprendiendo a achicar agua, a lanzar bengalas de socorro y a utilizar el repelente para tiburones en condiciones reales.

Virgilio tenía poco tiempo libre pero, en el poco de que disponía, se aburría soberanamente. Como, a pesar de su corta edad, era un gran lector, le pidió al doctor Watson que le consiguiese unos cuantos libros.

—¡Por supuesto, Virgilio! Además aquí, en la NASA, tenemos una de las mejores bibliotecas del país.

Esa misma noche el doctor le llevó a su habitación *El programa espacial Mercury contado a los niños* y *Pilotaje de la cápsula Géminis. Manual para principiantes.*

—El primero lo he escrito yo –dijo el científico, con un puntito de orgullo en la voz.

Así que a Virgilio no le quedó más remedio

que leérselo de cabo a rabo, para poder darle su opinión al doctor Watson.

—Está bastante bien –dijo Virgilio, caritativamente, al cabo de un par de días–. No es muy entretenido pero, a partir de la página cuatrocientos doce, se deja leer.

—Gracias, Virgilio.

—Sin embargo... ¿No podría conseguirme *Los tres mosqueteros* o *La isla del tesoro*?

—Veré lo que puedo hacer. ¿Te sabes el autor?

Una mañana de octubre se organizó un gran revuelo en el centro espacial. Empezaron a sonar los teléfonos, la gente corría de aquí para allá. Virgilio preguntó qué ocurría y el doctor Watson le dijo que habían asesinado en Dallas al presidente Kennedy.

—Vaya. Cuánto lo siento –dijo Virgilio–. Parecía un buen tipo. Y su señora, tan guapa, se habrá quedado muy triste.

Tras el magnicidio, siguieron los entrenamientos.

Llegó la Navidad y, con ella, el primer día de auténtica felicidad para Virgilio. En plena cena de Nochebuena, apareció Santa Claus para hacerle entrega del primer regalo de su vida: un Mecano último modelo. En realidad, no se trataba del verdadero Santa Claus, sino del doctor

Watson disfrazado, cosa que Virgilio descubrió enseguida porque el sabio profesor olvidó quitarse las gafas. Pero Virgilio se hizo el sorprendido y todos lo pasaron muy bien.

Así comenzó 1964, un año pasmoso para la ciencia, en el que se descubrió la radiación de fondo del universo, el elemento químico 104 y la teoría de los quarks, entre otras cosas.

Y también fue el año de Virgilio.

A finales de febrero, por culpa de una tormenta tropical, hubo un apagón en las instalaciones de la NASA en Cabo Cañaveral. Ese día se suspendió el entrenamiento. A cambio, un sastre llegó para tomarle medidas a Virgilio. Era italiano y se llamaba Vincenzo.

—Es para hacerte *il* traje *siderale*, *bambino*. A ver, estira el brazo derecho. *Cosi*... Veamos *il* cuello... Dobla el *tuo* codo... Vamos a medir ahora *il* diámetro de la *testa*... *¡Santa Madonna!*

Cuando terminó de tomar notas en su libretita, el sastre Vincenzo se volvió hacia Virgilio.

—*Allora*... ¿En qué color lo hacemos?

—Pues... no sé –respondió Virgilio–. A mí me gusta el negro.

—*Nero? Nero?* Perdona, *bambino*. Yo no soy supersticioso. No lo soy. *Ma*... un hombre *siderale* vestido de negro... ¿dónde se ha visto? Es *tentare* la mala fortuna. Que yo no voy a subir al espacio, *capisci? Ma*... Es *tentare* la mala fortuna.

—Ya, claro, claro... Bueno, pues entonces... blanco.

—*Bianco! Il piú bello colore...* para la *prima comunione! Ma...* con un traje *siderale* blanco tú no vas a *assomigliare* un astronauta serio. Tú vas a *parere il* tío Micheline.

—¿Eh?

—Un muñecote francés que publicita neumáticos. Degradante. Degradante en grado sumo.

—Bueno. ¿Y... color naranja?

—*Bene! Il* naranja es un *colore* mediterráneo, *troppo* vivo, *allegro e divertente, ma...*

—*Ma* ¿qué?

—*Ma* tú vas a *parere* en *lontananza* una *piccola* bombona *di* butano, *certo?*

—*Certo,* señor Vincenzo. ¿Qué tal verde?

—Verde que *ti voglio* verde... *In* verde, vas a *parere* una enorme ciruela claudia... Desaconsejable, *cosi.*

—¿Amarillo?

—¿Como una enorme bola *di gelatto di* mantecado...?

—Vale, vale... ¿Rojo?

—Enorme *pomodoro* maduro.

—¿Marrón?

—Enorme... En fin, ya sabes.

—Pues ya no se me ocurre nada... Aconséjeme usted. ¿Qué color se lleva esta temporada, señor Vincenzo?

Al sastre italiano le brillaron los ojos.

—*Il violetta.*

Pocos días después, Virgilio empezó a sospechar que el momento definitivo se acercaba porque apareció un completo equipo médico que le hizo montones de pruebas y algunas extrañas preguntas.

—Virgilio... ¿tú sueles ir suelto o estreñido?

—Pues... más bien estreñido.

—¡Ajá! Mejor, mejor...

Constantemente, nuevos detalles corroboraban las sospechas de Virgilio.

—Señor Winword... acaban de traer un pedido de sesenta calzoncillos y cuarenta camisetas de color violeta.

—¡Ah, sí! Gracias, Wilkins. Es para que hagan juego con el traje espacial. Cosas de Vincenzo.

Y así, en efecto, la última noche de aquel invierno, al salir del comedor de la base después de cenar, el doctor Watson se acercó a Virgilio.

—Ahora, cuando vayas a tu habitación, procura recogerlo todo bien y ordenar tus cosas.

—¡Buf...! Qué lata... Me paso el día ordenando mi cuarto y, sin embargo, siempre está desordenado. No lo entiendo, doctor.

Watson sonrió.

—Eso nos ocurre a todos, Virgilio. Lo cierto es que el mundo y el universo entero prefieren el desorden.

—¿Ah, sí?

—Los científicos lo llamamos "entropía". Según el principio de entropía, el universo tiende al caos. Por eso consume muchos más esfuerzos construir algo que destruirlo. Por eso es más difícil ordenar las cosas que desordenarlas.

—¡Qué curioso! –exclamó Virgilio–. O sea, que ordenar mi cuarto... es como llevarle la contraria al universo.

—En cierto modo, sí.

—Entonces... ¿puedo dejarlo sin ordenar?

El doctor Watson se echó a reír.

—No, Virgilio. Esta noche, precisamente, no.

—¿Por qué?

—Porque mañana... es el día "D".

—¿El día de qué? –preguntó Virgilio.

—De nada, hombre. Solo "D". El día "D". ¿Me comprendes? Mañana es el lanzamiento. Mañana te pondremos en órbita.

—Ah, eso. Por fin...

Virgilio y el doctor Watson caminaban por una de las calles peatonales flanqueadas de petunias y pensamientos que recorren de punta a punta la base espacial de Cabo Cañaveral. Había anochecido y el firmamento aparecía allí, en La Florida, tan cuajado de estrellas brillantes que semejaba un puñado de sal lanzado descuidadamente sobre un enorme retal de terciopelo negro.

Virgilio se detuvo a contemplarlo.

—¡Qué bonito! ¿Sabe, doctor Watson? A mí lo que de verdad me gustaría sería viajar a las estrellas. Esto de que ustedes me manden a dar vueltas y más vueltas a la Tierra... la verdad, lo encuentro un poco tonto. Es como... como un viaje a ninguna parte.

El doctor Watson sintió que le faltaba el aire.

—Si fuera tu padre, igual te daba una bofetada. ¿Es que no te das cuenta de lo que significa esta oportunidad? Todos los niños de este país querrían estar en tu lugar.

—¿Por qué?

—¿Por qué? Porque... te vas a convertir en un héroe mundial. Además, el presidente Kennedy prometió públicamente que, antes de mil novecientos setenta, un americano pisará la Luna y regresará sano y salvo. Bien podrías ser tú ese hombre, Virgilio.

Virgilio se echó a reír como un cascabel.

—¿Yo? No, doctor.

—¿Cómo que no? Dentro de unas horas serás el astronauta más joven de la historia. Tienes muchas posibilidades de ser elegido para tripular la primera nave que vaya a la Luna. ¡Elegido para la gloria!

—Le digo que eso es imposible, doctor Watson. Será un americano quien vaya a la Luna. Y yo no soy americano.

CRÓNICA DEL DÍA "D"

6:30 A.M.

—¡Arriba, Virgilio! ¡Es la hora! ¡A desayunar!

—Hala, no... Cinco minutitos más, por favor, doctor Watson –dijo Virgilio, arrebujándose en las sábanas–, por favor, por favor...

—Vamos, vamos, que se nos hace tarde, no seas holgazán.

—Por favor, por favor, por favor...

El doctor Watson buscó bajo la sábana los pies de Virgilio, sujetó el derecho por el tobillo y comenzó a hacerle cosquillas.

—¡A vestir! ¡A vestir o mi venganza será terrible!

—¡Aaah! No, no... ¡Ja, ja, ja, ja! ¡Basta, basta! ¡Me rindooo!

Como cada día, el doctor Watson tuvo que repetir el juego un par de veces, hasta que Virgilio se despejó por completo.

—¿Y qué me pongo? –preguntó Virgilio, sentado en el borde del colchón–. ¡Ah, ya! El traje espacial. Ese de color violeta que me hizo don Vincenzo, ¿verdad? ¡Qué bien! Me encanta estrenar ropa.

—Mejor te vistes después de desayunar, no te

vayas a manchar el traje espacial de colacao y salgas luego en todas las fotos lleno de churretones. Y date prisa, que el lanzamiento está previsto para dentro de una hora.

7:00 A.M.

—¡Ya estoy, doctor Watson!
—¿Cómo que ya estás? Pero, Virgilio... ¿te has peinado?
—¡Huy...!
—Anda, anda, calamidad... No, si aún llegaremos tarde. ¡A ver si el cohete va a despegar sin ti!

7:15 A.M.

—Atención, control de vuelo, atención. Aquí el doctor Watson. Estamos en el ascensor de la torre de lanzamiento. Todo parece normal y... pero, Virgilio, ¿qué te pasa? ¿No te puedes estar quieto?
—Es que... es que... me hago pis. Deben de ser los nervios.
—Vaya por Dios. Atención, control de misión, atención. Aquí el doctor Watson. ¿Tenemos tiempo para una emergencia seis-veintiocho? Cambio.

—Afirmativo, doctor. Pero muy justito. Cambio.

—Roger. Iniciamos el descenso. ¿Podrían informarme de dónde se encuentran los retretes más cercanos? Cambio.

—Un momento. Consultamos computadora central... Comprobación efectuada: nada más salir del ascensor, al fondo a la derecha. Tendrán que usar el de señoras, porque el de caballeros está atascado. Cambio.

—Gracias, control. Cambio y corto. ¡Qué cosa tan pasmosa, esto de las computadoras! ¿Eh, Virgilio? ¡Qué adelantos! Anda, ve quitándote el traje espacial, para ahorrar tiempo.

—Eso intento. Pero se me ha atascado la cremallera.

—¿Qué cremallera? ¿La de la bragueta? ¡Vaya por Dios! Ayúdenos, Wilkins. ¡Aaaauuummmpfff...! Maldito invento... Donde estén los botones de toda la vida, con sus ojalitos... ¡Vamos, Wilkins, tire con fuerza!

7:27 A.M.

—Bueno, ya estamos de vuelta... Y aún faltan tres minutos para el despegue. Menos mal.

El doctor Watson abrió la escotilla de la cápsula. Aunque para ello tuvo que darle dos buenas patadas en la parte inferior.

Virgilio echó un vistazo al interior de la nave y, de inmediato, se volvió hacia el científico.

—Pero... ¿dónde me meto? Esto está lleno de cosas hasta el techo.

—Está todo perfectamente calculado, Virgilio. Tu sitio está ahí, en ese sillón. Entre las hamburguesas envasadas al vacío y las latas de carne en conserva. Colócate la caja de botellas de coca-cola entre los pies.

—Pero... no voy a poder moverme.

—Los primeros días sí estarás un poco justo. Pero conforme te vayas comiendo las provisiones, tendrás más espacio. En realidad, la Géminis está pensada para dos tripulantes. Al final, acabará por parecerte grande como un palacio.

—¡Anda! ¿Y ese montón de libros?

Watson sonrió.

—¡Sorpresa! He ido personalmente a la biblioteca de la ciudad para escogerlos. Espero que así se te haga más entretenida la travesía.

—Gracias, doctor.

El doctor Watson miró tras de sí, para asegurarse de que nadie los escuchaba.

—Y toma esto: es una radio de fabricación japonesa.

—¡Qué chiquitina!

—Utiliza transistores de silicio. Ya sabes: lo último de lo último. Creo que con ella podrás escuchar algunas emisoras de onda larga desde el espacio. Pero no digas ni una palabra, ¿eh? Sobre todo, a los de Houston. Me meterían una bronca de espanto.

—Descuide, doctor. Será nuestro secreto –dijo Virgilio, guiñando un ojo.

¡Noventa segundos para el despegue!, aulló una voz por los altavoces de la base.

—¡Abróchate bien el cinturón de seguridad, Virgilio!

—¡Que sí, doctor, que sí! Y bájese ya del cohete, que se va usted a venir conmigo.

—Ya me gustaría, ya... ¿Sabes qué quería ser yo de pequeño? ¡Piloto de pruebas! Pero como era muy corto de vista me fue imposible, así que decidí hacerme sabio. Pero mi vocación verdadera...

—Que sí, doctor, que sí: piloto de pruebas, ya lo sé. Hala, márchese ya.

¡Un minuto para el despegue!

—Llámanos en cuanto llegues a la órbita. ¿Está claro? En cuanto llegues. Y abróchate bien el cuello del traje, que ya sabes que en el vacío intersideral hace un frío tremendo y no sé yo si en esta cápsula no habrá corriente.

—Vale. Adiós, doctor.

—Adiós, Virgilio.

—Cierre bien la puerta al salir ¿eh?

El doctor Watson atrancó la escotilla de la Géminis y echó a correr por las galerías metálicas que formaban la torre de lanzamiento mientras rugían ya los motores del gigantesco cohete Titán II.

Unos operarios de la NASA estaban quitando la última pasarela cuando llegó él, resoplando como un búfalo.

—¡Alto! ¡Buf! ¡Esperen!

—¡Salte, doctor, salte! –gritó uno de los empleados.

El doctor Watson corrió aún más y, al llegar al extremo de la pasarela, se dio impulso, voló más de dos metros sobre el vacío y cayó al otro lado.

—¡Rápido! ¡Al refugio de emergencia!

¡Treinta segundos para el despegue!

En el interior de la cápsula, Virgilio intentaba morderse las uñas; pero, claro, con los guantes espaciales que llevaba, le resultaba imposible.

Estaba nervioso.

Tenía un poco de miedo, así que respiró hondo, tal como le habían enseñado en los entrenamientos.

Diez, nueve, ocho...

En el refugio de último minuto, el doctor Watson se apretaba el esternón con las manos para evitar que el corazón se le escapase del pecho dando saltos.

—Suerte, Virgilio –murmuró–. Mucha suerte, chico. Te la mereces.

...Seis, cinco, cuatro...

En los paneles de control se encendieron docenas de lucecitas verdes, blancas, rojas y amarillas. Algunas parpadeaban. Virgilio no conseguía recordar si tenía que apretar algún botón o tirar de alguna palanca. Con los nervios, se le acababa de olvidar todo lo que le habían enseñado. Como ya no quedaba tiempo para preguntar, decidió no hacer nada.

...Dos, uno... ¡fire!

7:30 A.M.

El cohete entero empezó a temblar como si se hubiera desatado un terremoto en la península de Florida.

Virgilio pensó que algo había fallado y que era el fin. Ahora todo se desmoronaría; y la Géminis, situada en la mismísima punta de aquel cohete alto como una torre, se estrellaría contra el suelo y allí acabaría todo.

Pero no. Tras aquellos primeros titubeos, Virgilio sintió una fuerza tremenda que lo empujaba contra el respaldo del asiento. Como si un tipo muy gordo se le hubiese sentado encima. Durante unos pocos segundos notó que le costaba respirar. El estruendo de los motores atravesó las paredes de la nave espacial y llegó hasta sus oídos a pesar del aislamiento de la escafandra.

—¡Ostras, qué ruido! –exclamó, con la voz temblorosa.

Aquello no lo habían ensayado en el simulador de vuelo. Era imposible, claro. Nada ni nadie habría podido imitar aquel bramido apocalíptico. Era algo tremendo. Como dos docenas de leones hambrientos rugiendo a un palmo de tus oídos. Virgilio giró la cabeza para mirar por el ventanuco situado a su izquierda y pudo ver cómo el horizonte de Cabo Cañaveral desaparecía hacia abajo.

Estaba camino del espacio exterior. A toda velocidad. Más deprisa de lo que ningún otro niño de su edad hubiese viajado jamás.

Unos segundos más tarde, el Titán II se inclinaba en busca de la trayectoria prevista por las computadoras de la NASA. Desde las estanterías superiores, cayeron sobre la cabeza de Virgilio varios paquetes de galletas marías.

—¡Oh, no! Seguro que se han partido en trocitos. Con la rabia que me da que las galletas estén partidas en trocitos.

Y, de repente, se hizo de noche. En unos segundos.

—¡Ostras! Me parece que estoy en el espacio –murmuró Virgilio.

La segunda fase del cohete acababa de separarse. A través de la escotilla, ya solo se veía el infinito.

7:40 A.M.

—Atención, astronauta Virgilio, atención: aquí centro espacial de Houston. ¿Puedes oírnos? Cambio.

—Sí, sí les oigo, Houston. Adelante.

—¿Puedes oírnos, Virgilio? Aquí Houston. Cambio.

—Aquí astronauta Virgilio. Les oigo perfectamente, Houston. Cambio.

—Virgilio, Virgilio. Aquí Houston. Si puedes oírnos, responde. Cambio.

—¡Que sí! ¡Que les oigo! ¡Houstooon! ¡Les oigo muy bieeen! ¡Cambiooo! –gritó Virgilio, un poquitín asustado.

Entonces Houston guardó silencio durante quince o veinte segundos. Tras esta pausa, una voz distinta a la anterior se escuchó por los altavoces de la cápsula.

—Atención, atención, astronauta Virgilio. Recuerda que, para hablar, debes apretar el botón azul. Repito: a-zul.

Virgilio sintió un poco de vergüenza. Los nervios le seguían jugando malas pasadas. Apretó el botón azul y habló claro y fuerte.

—Aquí Virgilio, Houston. Les oigo fetén. Estoy en órbita. Estoy muy bien. Cambio.

Se escucharon entonces gritos de júbilo. Algunos de los técnicos de Houston se pusieron a aplaudir. Otros cantaban: «A la bi, a la ba, a la bim, bom, ba, Virgilio, Virgilio, ra, ra, ra».

7:55 A.M.

Wallace Winword, director de la misión espacial, se dirigió apresuradamente al despacho del agente especial Walthon y abrió la puerta sin llamar.

—¡Walthon! ¡Walthon! ¡Tenemos un problema! ¡Los rusos han detectado nuestro lanzamiento y nos piden una explicación oficial sobre la misión!

El agente de la CIA se levantó de su silla, con una sonrisa irónica en el rostro.

—Era inevitable. Y, por supuesto, lo tenemos

todo previsto. Las órdenes son: ni una sola palabra sobre Virgilio. ¿Está claro? Si algo sale mal, negaremos rotundamente que la cápsula llevase un pasajero.

—¿Y qué les digo a los rusos, entonces?

—Dígales que se trata de un experimento científico no tripulado. Que queremos estudiar el crecimiento en el espacio de las plantas del pepinillo.

Winword parpadeó.

—Será una broma...

—¿Acaso tengo cara de bromista? El departamento de contraestrategia de la CIA ha elegido esa opción como la más adecuada.

—O sea, que a los rusos tengo que decirles que llevamos la nave llena de macetas.

—Exacto, Winword, exacto. Macetas de pepinillos.

—¡Jo! Lo que se van a reír...

EN ÓRBITA

Los primeros días en órbita fueron un poco incómodos para Virgilio debido a la falta de espacio en la cápsula. Ya se sabe que los yanquis comen como limas, así que sus cálculos sobre provisiones resultaron un tanto exagerados. Los técnicos de la NASA habían metido en la cápsula comida como para cruzar de rodillas el África subsahariana. Virgilio pronto descubrió que, si quería estirar el brazo derecho, debía zamparse una lata de *corned beef* en conserva. Si quería hacer "la bicicleta" sin que le tropezasen las rodillas, tenía que beberse seis *tetra brik* de leche pasterizada. Y así, poco a poco, con calculada estrategia, y a base de engordar como nunca en su vida, Virgilio le fue ganando sitio a la Géminis.

Es bien sabido que en el espacio exterior las cosas suceden de un modo extraño. Por ejemplo: la cápsula de Virgilio daba dieciséis vueltas a la Tierra cada día. O sea, que se hacía de noche y volvía a amanecer cada hora y media, más o menos; lo cual resultaba un poco molesto porque, al principio, a Virgilio le entraba el sueño cada noventa minutos.

El seguimiento de la cápsula lo hacían en tierra desde tres estaciones: desde Houston, en Texas, Estados Unidos; desde Honolulu, en las islas Hawaii, también Estados Unidos, y desde Robledo de Chavela, cerca de Madrid, España. Cada media hora Virgilio cambiaba de compañero de conversación. Sin duda, el que más le gustaba era don Avelino Molinero, el técnico español, con el que jugaba unas apasionantes partidas a los barcos. Llegaron a jugar sobre un cuadro de cien casillas por cien, en el que colocaron cada uno treinta portaaviones, cuarenta cruceros, cincuenta fragatas y ochenta patrulleras. Una pasada.

—Eme, setenta y dos. Cambio.

—Agua. Lo siento, don Avelino. Je, je... Voy: Omega, dieciséis. Cambio.

—Tocado. Vaya suerte que tienes, Virgilio. Cambio.

—De suerte, nada, don Avelino. Estrategia. Omega, diecisiete. Cambio.

—Tocado. Cambio.

—Le he pillado uno grande ¿eh? Omega, dieciocho. Cambio.

—Tocado –gruñó el técnico español–. Cambio.

—¡Un portaaviones! ¡Le voy a hundir un portaaviones!

—¡Bah, bah, bah...! Esos son los más fáciles.

—Omega... ¡quince!

—¡Pero qué suerte tienes! ¡Hundido! Cambio.

—Sigo. Uve doble, noventa. Cambio.

—No, Virgilio. No seguimos. En Houston son ya las once de la noche y te tienes que acostar. Cambio.

—Pero si estoy todo el día acostado. Cambio.

—Quiero decir, que te tienes que dormir. Mañana seguimos con la partida. Cambio.

—Está bieeen. Oiga, don Avelino... ¿Me puede contar un cuento? Es que si no, me cuesta dormirme, ya sabe. Cambio.

—Bueeeno. ¿Qué cuento quieres que te cuente? Cambio.

—¡El del príncipe y la rana! Cambio.

—¿Otra vez, Virgilio? Cambio.

—Es que me gusta mucho. Cambio.

—De acueeerdo. ¡Ejem...! «Érase una vez un príncipe alto, guapo y rubio llamado...»

—¡Florencio!

—Oye, Virgilio, ¿aquí quién cuenta el cuento? ¿Tú o yo? Cambio.

—Usted, usted, don Avelino. Lo siento. Cambio.

—¡Pues eso! Ni una interrupción más ¿eh? Cambio.

—Bueno, no se enfade. Cambio.

—No, si no me enfado. Hala, que sigo: «Florencio era el príncipe del país de Aquí...».

Gracias al cuento del príncipe Florencio y otros similares, Virgilio se dormía a su hora, por lo que don Avelino pronto fue muy apreciado en Houston, Texas, USA.

Pasados los primeros días, Virgilio se acomodó al horario de Houston sin importarle demasiado que en el exterior de la cápsula fuese de noche o luciese el sol. Al seguir un ritmo normal de sueño, Virgilio comenzó también a sufrir pesadillas. Y, claro, si se despertaba sobresaltado en mitad de la noche, solo podía contar con los técnicos de guardia. Si la cápsula estaba sobrevolando Europa, no había problema porque don Avelino siempre estaba allí. En España eran muy habituales las llamadas "horas extra". Don Avelino, que tenía seis hijos, hacía todas las "horas extra" del mundo. Pasase lo que pasase, siempre estaba en su puesto, dispuesto a tranquilizar al joven astronauta.

Cuando Virgilio volaba sobre las islas Hawaii, había un tipo que le hablaba en el idioma de los nativos. Parecía majo, pero lo cierto es que Virgilio no le entendía un pimiento.

Y cuando le tocaba pasar sobre los USA, hablaba con Wilkins. En Houston, a las diez de la noche, el personal de la NASA terminaba su jornada laboral. Los trescientos doce técnicos se marchaban a casa y dejaban a Wilkins al cuidado de todo hasta las seis de la mañana.

Virgilio nunca supo qué cualificación profesional tenía Wilkins. A veces, sospechaba que no era más que el bedel de noche. Pero, claro, más valía no pensar mucho en ello.

—Oiga, señor Wilkins, se ha encendido una lucecita roja en el panel de la derecha. ¿Qué hago? Cambio.

—¡Ay, madre! ¡Y yo qué sé, Virgilio! ¿Qué sueles hacer de día en estos casos? ¿Eh? ¿Virgilio? ¿Estás ahí?

—Cambio.

—¿Cómo?

—Que se dice "cambio", señor Wilkins. Al terminar la frase se dice "cambio". Cam-bio.

—¿Cambio cambio?

—No, hombre. Un solo cambio. Cambio.

—Entendido. Cambio. Digo, no. No cambio. Repito: ¿qué haces si se enciende la lucecita? Cambio cambio.

—Lo soluciona el señor Winword, el jefe de la misión. ¿No puede avisar al señor Winword? Cambio.

—Es que... se pone de muy mal genio si lo despertamos. Cambio.

—Bueno, pues aquí se ha encendido una lucecita colorada. Usted verá. Cambio.

—¡Qué apuro! Oye, tengo una idea: vamos a mirar el libro de instrucciones. ¿Vale? Coge el índice y busca en la "ele": lucecita. Yo voy a buscar en la "ce": colorada.
—¿Cambio?
—Sí, sí: cambio.

No todo consistía en estar allí, dando vueltas a la Tierra, tumbado en su sillón. Había días terribles, en los que fallaban los sistemas de la nave y Virgilio tenía que atender las docenas de instrucciones que le llegaban desde Houston, mientras sonaban las alarmas y parpadeaban las luces.

Tras superar alguna de esas crisis, Virgilio cortaba la comunicación con la Tierra para que nadie le molestase, apagaba las luces de la Géminis y se dedicaba durante un rato a contemplar el espacio a través de las escotillas de la nave. Eso le tranquilizaba.

—¡Qué chulada...! –se repetía en un susurro una y otra vez, en medio del silencio intersideral, mientras intentaba localizar la Osa Mayor.

Solía repasar entonces su vida. Su corta y extraña vida. Una vida sin familia y sin amigos, siempre rodeado de adultos. O de niños aún más listos y crueles que los adultos.

Aunque no sabía exactamente qué demonios

podía ser la felicidad, sospechaba que, hasta la fecha, no había sido demasiado feliz.

Sin embargo, mirando el infinito por aquella claraboya por la que nadie más que él se asomaría jamás, imaginando que la Tierra no era sino un enorme balón de playa de color azul y tratando de tú a tú a las constelaciones, se sentía enormemente afortunado.

Empezaba a pensar que su elección por parte del doctor Watson para aquella misión no había sido casual. Cada vez más intensamente, sentía poseer alma y corazón de astronauta.

LE PETIT BATEAU

Cuando Virgilio llevaba en órbita ya tres semanas, recordó el regalo que, en el último momento antes del despegue, le había hecho el doctor Watson.

Le costó encontrarlo. Apareció, después de una intensa búsqueda, debajo de un paquete de copos de maíz. Virgilio se aseguró de que la comunicación con la Tierra estaba interrumpida y conectó la radio de transistores. Primero, el aparatito solo emitió un pedorreo bastante ridículo pero cuando Virgilio hizo girar el dial con paciencia y buen pulso, comenzó a captar emisoras.

Durante algún tiempo, Virgilio solo prestaba atención a las emisiones en inglés o italiano. Sin embargo, una tarde, mientras sobrevolaba Europa occidental, escuchó una voz dulcísima que había de cambiar su vida. Era una voz femenina, infantil, que conversaba en francés con un locutor de tono grave y profundo.

Como Virgilio no sabía ni una palabra de francés, apenas comprendió nada de aquella conversación. Pero desde ese mismo momento se afanó por escuchar con atención cuantos programas en francés lograba captar con su radio de transistores. Así, al cabo de un mes, ya era capaz de entender razonablemente bien el idioma de Molière.

Para entonces, ya sabía que el programa en el que había escuchado aquella voz angelical se titulaba *Le petit bateau* y era un espacio en el que reconocidos sabios y expertos respondían las preguntas de cuantos niños y niñas llamaban o escribían al programa. Preguntas que versaban sobre los más variados temas, principalmente científicos.

Durante varios días, en cada una de sus órbitas a la Tierra, Virgilio sintonizó France Inter, la cadena que emitía *Le petit bateau*, con la esperanza de volver a escuchar aquella voz que tanto le había impresionado.

Lo consiguió una mañana, de improviso, cuando esa esperanza ya flaqueaba.

—*Bonjour, je m'apelle Odile et j'ai sept ans et demi...*

—¡Es ella! –exclamó Virgilio, sin poder contenerse, con el pulso alborozado–. ¡Y dice que se llama Odile!

La niña formuló una pregunta rarísima, sobre la formación de témpanos de hielo en invierno, en el borde de los tejados, lo que terminó de encandilar a Virgilio quien, desde entonces, guardaría para aquella desconocida Odile, de siete años y medio, un rinconcito en su corazón.

CUMPLEAÑOS FELIZ

Una mañana, al despertar, Virgilio escuchó la voz del doctor Watson.

—Hola, Virgilio. ¿Sabes qué día es hoy? Cambio.

—Pues... la verdad es que he perdido la cuenta. Cambio.

—¡Hoy es siete de julio!

Virgilio tardó unos segundos en comprender.

—¡Es mi "cumple"!

—Ya eres todo un hombretón de ocho años. ¡Felicidades!

—Gracias, doctor Watson.

—¿Sabes? Tenemos una sorpresa para ti.

—¡Qué bien! ¿Vuelvo a la Tierra? Cambio.

—Eeh... No, no se trata de eso. Busca en el compartimento 4-B. A tu derecha. Cambio.

—A ver, a ver... ¡Huy! ¡Hay una caja de cartón! ¡Qué poquito pesa!

Virgilio se quitó los guantes de astronauta y deshizo el lazo de colores que cerraba la caja. Dentro había un extraño cilindro achatado de corcho blanco, lleno de volutas blancas y bolitas de colores.

—¡Bueno...! Chulísimo, de verdad –dijo Virgilio, disimulando su desconcierto–. Pero... ¡ejem...!, ¿qué es?

—¿Cómo que qué es? ¡Es una tarta de cumpleaños!

—Ah. ¿Una tarta de poliestireno expandido?

—Es que... había ciertas dudas entre los expertos sobre el comportamiento de la crema pastelera en ausencia de gravedad, así que decidimos no arriesgarnos. ¿Has visto las velitas?

—¿Velitas? No. Lo que veo es un paquete con ocho diodos luminiscentes.

—Eso mismo. Ya sabes que no se deben encender llamas en el interior de la cápsula. Por el riesgo de explosión. Pero puedes conectar los diodos a la línea principal de energía desmontando el panel de mandos izquierdo.

—Es igual, doctor Watson, no se preocupe...

—¡Venga, hombre! Que estamos aquí todos deseando cantarte "cumpleaños feliz".

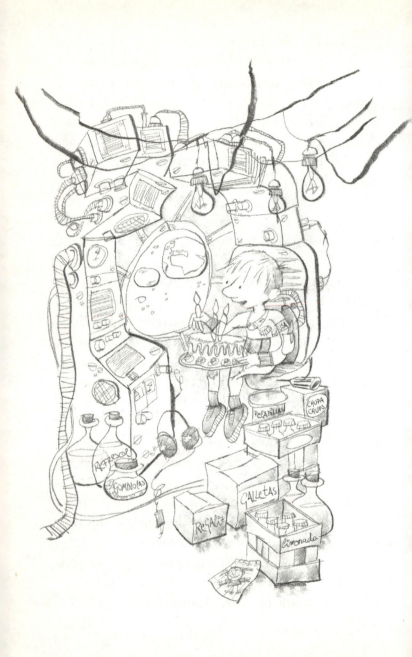

—Bueno, bueno, ya voy...

Así que Virgilio se pasó la mañana del día de su cumpleaños desmontando el panel izquierdo y conectando mediante soldadura de estaño los ocho diodos LED a la línea de energía.

Por fin, dos horas y media después, dio por terminado el trabajo.

—¡Buf! Ya está listo, doctor Watson. Cambio.

—Fenomenal. ¿Has colocado los diodos sobre la tarta? Hazlo en los agujeritos previstos para ello.

—Sí, sí. Quedan muy... muy bonitos –dijo Virgilio, contemplando con desolación aquel engendro de cables y corcho blanco.

Los trescientos nueve operarios que en ese momento se encontraban en el centro espacial de Houston –tres habían ido al servicio– se aclararon la garganta y se aproximaron a sus respectivos micrófonos. Como un solo hombre, comenzaron a cantar.

Happy birthday to you.
Happy birthday to you.
Happy birthday, Virgiliooo.
Happy birthday to youuu.

Prorrumpieron a continuación en un cerrado aplauso.

—¡Sopla, Virgilio! ¡Sopla las velas!

—¿Para qué? Si no se van a apagar.

—Mientras soplas, desconecta el interruptor rojo y se apagarán los diodos. El efecto será casi el mismo. ¡Vamos, hombre!

Virgilio se rascó la oreja mientras pensaba: «Hay que ver el cumpleaños que me están dando estos tipos».

—Está bien, doctor. ¡Allá va! A la de una, a la de dos y a la de... tres. ¡Fuuuu...!

¡Click!

—¡Bravo, bravo!

> *Es un muchacho excelenteee.*
> *Es un muchacho excelenteee.*
> *Es un muchacho excelente-eee...*
> *¡Y siempre lo será!*

—¡Felicidades, Virgilio! ¡Je, je! ¿Sabes que eres el primer ser humano que celebra su cumpleaños en órbita?... ¿Eh? ¿Virgilio? ¡Oye! ¿Estás ahí, Virgilio? Bueno, claro. ¿Dónde vas a estar? ¿Por qué no contestas? ¡Cambio! ¡Virgilio! ¡Chico! ¡Que cambio!

El jefe de misión, Wallace Winword, se acercó entonces a la carrera.

—¡Watson! Acabo de escuchar la grabación de su última conversación con la cápsula. Le ha dicho usted a Virgilio «desconecta el interruptor rojo».

Watson contuvo el aliento.

—No, no... Le he dicho «desconecta el interruptor negro».

—Está grabado, Watson. Ha dicho usted «rojo».

El doctor Watson tragó saliva ruidosamente.

—¡Ay, madre...! –gimió a continuación.

En el interior de la cápsula se había hecho la oscuridad más absoluta.

—¡Ejem...! ¡Doctor Watson! ¡Oiga! ¡Doctor Watson! ¡Ya he apagado las velas! Digo, los diodos. Ha quedado precioso pero... se ha apagado también todo lo demás. La luz de cabina, los indicadores... todo. ¿Me oye? Cambio. ¡Cambio!

Virgilio se dio cuenta de que había pasado algo raro. Su entrenamiento le indicaba que lo más lógico sería volver a conectar el interruptor rojo. Pero había un problema. Sin luz, no podía localizarlo de nuevo.

Trató de encontrarlo a tientas. Pero todos los interruptores de la nave estaban juntos y no recordaba la posición exacta del de color rojo.

Tal vez pudiera esperar hasta que la cápsula completase la siguiente órbita a la Tierra y la luz del sol penetrase por la escotilla. Había anochecido apenas hacía veinte minutos. Es decir, que faltaba algo más de una hora para que volviese a amanecer. No parecía mucho tiempo.

Pero, a los dos minutos, Virgilio empezó a sentir frío.

—Huy, huy, huuuy... Esto parece grave –se dijo, con un velo de preocupación en la voz–. Se han desconectado hasta las baterías auxiliares, por lo que veo. Y también los paneles solares. No puedo esperar una hora. Me congelaría mucho antes. Tendré que arriesgarme.

Acarició los interruptores durante mucho rato, intentando recordar la posición exacta y el tamaño del que había accionado anteriormente. Descartó la mayoría, pero al final se quedó con un grupo de cuatro, los más grandes. Seguramente, tendrían colores distintos. Uno de ellos sería rojo. Pero no podía ver cuál.

Decidió echarlo a suertes.

Recordó una cantinela "de dar" que utilizaban mucho los chicos de la SHAGA, que eran muy mal hablados. La recordaba perfectamente porque, con esa cantinela, jugasen a lo que jugasen, a él siempre le tocaba pagarla. La fue cantando, muy bajito, mientras posaba el dedo sucesivamente en los cuatro interruptores.

Una-mosca-puñe-tera
Seca-góenla-carre-tera
yvi-nieron-losbom-beros
ysee-charon-cua-tro-pe... ¡dos!

El dedo había quedado sobre el segundo interruptor. Virgilio no estaba nada convencido de que fuera el correcto pero decidió hacer caso de lo que la suerte le había deparado.

Accionó el segundo interruptor.

Y, como siempre, le tocó "pagarla".

En Houston empezó a sonar una alarma.

—¿Qué pasa? –preguntó el doctor Watson–. ¡Winword! ¿Qué sucede?

Wallace Winword corrió de un lado a otro estudiando la información aparecida en tres monitores distintos. Por fin, se llevó las manos a la cabeza y las deslizó sobre su cráneo, aprovechando para peinarse hacia atrás los cabellos plateados.

—Ha abortado la misión.

—¿Qué?

—Virgilio ha accionado el interruptor de rayas negras y amarillas. Ha iniciado la maniobra automática de emergencia para regresar a la Tierra.

—¡Pero...! ¡Solo lleva ahí arriba quince semanas! Debería permanecer, al menos, ocho meses.

—Ya, ya... pero no hay nada que podamos hacer desde aquí abajo para evitarlo. Y lo peor no es eso. Lo peor es que ni siquiera podemos elegir el lugar donde va a aterrizar.

—¿Cómo? ¿Me está diciendo que la cápsula puede caer en cualquier lugar de la Tierra?

—Hombre... En cualquiera, en cualquiera, no. Realmente, la probabilidad de que aterrice en los casquetes polares es muy pequeña. Pero en el resto...

2. URSS

ESTACIÓN DE SEGUIMIENTO ESPACIAL
"CAMARADA LENIN".
EN UN REMOTO LUGAR DE LA REPÚBLICA
SOCIALISTA DE KAZAJISTÁN, URSS

7 de julio de 1964
Seis horas y treinta minutos después del chupinazo en Pamplona.

—¡Nicolai! ¡Nicolai!
—¿Cuántas veces tengo que decirte que me llames comandante? Aunque estemos los dos aquí solos, hay que guardar las formas. ¿Está claro?
—Sí, Nicolai.
—Bien. ¿Qué ocurre, Sergei?
—Mira la pantalla del radar.
El comandante especialista Nicolai Papov analizó durante unos segundos las lucecitas parpadeantes que le indicaba su compañero. Acto seguido, frunció el ceño.
—Ese chisme va a caer muy cerca de nosotros ¿no?
—De muy cerca, nada, Nicolai. Como no cambie de rumbo... ¡nos va a caer encima!

El comandante Papov se subió a un taburete y miró hacia el límpido cielo de Kazajistán a través de una claraboya. A muchísima altura, pero ya perfectamente visible, un enorme paracaídas se había desplegado sobre sus cabezas. Colgando del mismo, se veía un pequeño objeto oscuro en forma de cono truncado.

—¡Ochichornia! –exclamó Nicolai, muy alterado–. ¿Lo has identificado?

—*Da, da*[3]: es la cápsula de los americanos.

—¡No fastidies! ¿La de las macetas?

—Exacto: la de las macetas de pepinillos.

—¡Ay, ay, ay, ay! A ver si va a ser una trampa. A ver si, en vez de macetas, le han metido una bomba de hidrógeno y lo que quieren es desintegrarnos atómicamente.

—Pues... ahora que lo dices...

—¡Rápido! ¡Ponme en comunicación con Moscú!

—¡Sí, hombre...! ¿Pero no ves que no hay tiempo? ¡Que viene! ¡Que nos cae encima, Nicolai! ¡Ay, Nicolai, Nicolai!

—¡Huyamos de aquí, Sergei! ¡Al refugio anti-atómico!

—¡Si no tenemos!

—Bueno, pues... ¡Vamos al sótano! ¡A la carbonera!

—¡A la orden!

---

[3] *Da:* en ruso, "sí".

Los dos soviéticos echaron a correr como corzos de la estepa pero, antes de alcanzar su objetivo, escucharon ya el tremendo impacto sobre sus cabezas.

La base de seguimiento "Camarada Lenin" tenía la forma de una enorme oreja de trescientos metros de largo. Los ingenieros rusos eran de la opinión de que la naturaleza es sabia y, por tanto, para captar sonidos de cualquier tipo, incluso los procedentes del espacio exterior, no podía haber mejor diseño que el pabellón auricular humano.

La cápsula espacial americana cayó justo en el centro, sobre el tímpano, atravesando el tejado y el cielo raso de escayola, y causando en las instalaciones un destrozo más que considerable.

Siete horas y cinco minutos después del chupinazo.

—¿Vamos a ver qué ha pasado, Nicolai? –preguntó Sergei a su compañero, que aún no había sacado ni un dedo del catre bajo el que se habían refugiado.

—¡No seas loco! ¿Y si explota? ¿Eh? Aún puede explotar a traición.

—Es que... llevamos aquí casi media hora, Nicolai, y se me están durmiendo las piernas. Yo creo que, si no ha explotado aún, es que ya no explota.

—¡No te fíes jamás de los capitalistas! ¡Buenos son!

Por fin, ambos técnicos se dieron ánimos mutuos y decidieron, con mil precauciones, acercarse al lugar del impacto.

—¡Madre, qué estropicio! Espero que no nos echen la culpa los de Moscú. Como nos lo descuenten del sueldo, me veo trabajando gratis para el Estado el resto de nuestra vida.

—Pues como ahora.

—¡Mira! Ahí está la cápsula espacial. Es del modelo nuevo, el Géminis. ¿La ves? Debajo de ese montón de cascotes.

—¿La abrimos, jefe?

—No sé, Sergei. ¿Tú qué harías?

Sergei votó entusiásticamente por abrir el vehículo espacial. El comandante Papov se dejó contagiar por el entusiasmo de su subordinado.

Tras echar un infructuoso vistazo a través del ojo de buey de la escotilla, los dos rusos accionaron la gran palanca que movía los pestillos de la compuerta principal.

—No se abre, jefe.

—Dale dos patadas en la parte de abajo, como hacemos con las Vostok.

Funcionó.

Al abrir la escotilla metálica, se escuchó un

sonido sibilante, como el del aire que escapa a través de una rendija.

Los dos rusos se miraron.

—¿Quién se asoma? –preguntó Sergei.

El comandante Papov carraspeó.

—Yo soy el oficial de mayor rango en la base –recordó Nicolai–, de modo que... te ordeno que entres tú. ¿No tenías tantas ganas de abrirla? ¡Pues hala!

Sergei cogió una linterna y se asomó al interior de la Géminis. Introdujo la cabeza por la escotilla y, después, más de medio cuerpo, hasta que solo se le veían las piernas.

—¡Sergei! –exclamó Nicolai–. ¿Adónde vas? ¡Sal ahora mismo! ¡No seas temerario, Sergei!

—Es que si no, no veo.

Al cabo de unos instantes, el técnico ruso pareció sentir un escalofrío. De inmediato, reculó con prisa y, en cuanto le fue posible, alzó la vista para mirar a su compañero. El asombro le cubría el rostro como una máscara de carnaval.

—Bueno, ¿qué? –le preguntó Nicolai–. ¿Están las macetas de los americanos?

—¿Macetas? –respondió Sergei–. ¡De macetas, nada, jefe! Y menos aún con pepinillos.

Alzó entonces las manos. En la derecha llevaba una botella de Pepsi y, en la izquierda, una bandejita de cartón con tres trozos de pollo al estilo Kentucky.

—¡Kalinka...! –exclamó el sorprendido comandante.

—Pues esto no es nada, Nicolai.

—No me asustes, Sergei. ¿Qué hay ahí dentro, entonces?

—Todavía no puedo creerlo.

Nicolai Papov tragó saliva dificultosamente.

—Pero... ¿Qué pasa?

—Nunca pensé que los yanquis pudieran llegar a estos extremos.

—¿Por qué? ¿Qué has visto? ¡Habla de una vez!

Sergei tardó aún unos segundos en reaccionar, tal era su estupor.

—¿A que no sabes –dijo al fin– de qué color son ahora los trajes espaciales americanos?

LA CRISIS DE LOS PEPINILLOS

Pronto hubo confirmación oficial: la cápsula había caído en territorio de la URSS.

—¡Pero mira que es grande el mundo y tiene que caer en Rusia! –se lamentó el agente Walthon, mientras recorría la sala de lado a lado con grandes zancadas.

—Tenga en cuenta que la Unión Soviética es el país más extenso de la Tierra –explicó el doctor Winter, siempre tan didáctico–. Las probabilidades de caer allí eran, por tanto, sensiblemente mayores que las de caer, pongamos, en la isla de Manhattan.

—Pues con la suerte que tenemos, no sé cómo no ha caído en mitad de Broadway Avenue.

—Ya le digo: porque la avenida Broadway es mucho más pequeña que la URSS.

—¡Eso ya lo sé, tío listo! Pero me he informado y resulta que el océano Pacífico es mucho más grande que Rusia. ¿Por qué no ha caído, entonces, en el condenado océano? ¿Eh? ¡A ver! La de problemas que nos habríamos ahorrado.

—Bueno... En el cálculo de probabilidades también interviene el azar.

—Hablando del zar: a ver ahora cómo arreglamos este lío con los rusos sin que se entere el presidente.

Winter se ajustó las gafas al puente de la nariz mientras lanzaba sobre Walthon una mirada cargada de inquietud.

—No me diga... que el presidente no sabe nada de todo esto.

Walthon abrió los brazos, tratando de justificarse.

—Pues... no. A Kennedy no le dijimos nada. Total, como lo iban a matar enseguida... Y a este nuevo, la verdad, no he encontrado el momento adecuado para contárselo. Como el hombre está tan ocupado con lo de la guerra del Vietnam... Además, que este Johnson ni siquiera es presidente de verdad. Solo es presidente suplente ¿no?

El profesor Winter parpadeó unos segundos.

—Oiga, Walthon... ¿Sabía usted que iban a matar a Kennedy?

El hombre de la CIA se sobresaltó como si le hubiese estallado un globo junto a la oreja.

—¿Quién, yo? Nnn... no. No, no, claro que no.

—Como ha dicho usted que lo iban a matar...

—¿Eso he dicho? Pues muy mal dicho. He querido decir que... que como todos nos hemos de morir algún día... que... que se veía venir... O sea...

Pero antes de que el agente Walthon se metiese en un callejón sin salida, se abrió la puerta de la sala y apareció el embajador soviético acompañado por su primer secretario y el agregado militar de la embajada.

Walthon y Winter se pusieron en pie y sonrieron forzada y obsequiosamente.

—Buenos días, señor embajador.

—Buenos días, señorrres. Esta es la lista completa de los desperrrfectos causados porrr la caída de su cápsula sobrrre la estación "Camarrrada Lenin".

Walthon cogió el papel que le mostraba el embajador y lo leyó por encima.

—Nada, hombre, no hay problema. Lo que no cubra el seguro, lo pagará la NASA de su bolsillo. Nos haremos cargo de todos los arreglos, señor embajador. Si quiere, hasta le podemos dar una manita de pintura a la base, que, según nuestros informes, la tienen ustedes bastante cochina. ¡Je, je!

—Ah, bien. Perrro que sea de blanco. Es que crrreo que esta temporrrada se lleva mucho en la NASA... el violeta. ¿No? ¡Ja, ja, ja!

Walthon y los tres rusos intercambiaron miradas desafiantes.

—Le supongo al corriente del contenido de la cápsula, embajador.

El embajador ruso afiló la mirada antes de responder.

—En efecto, agente Walthon.

Walthon frunció el entrecejo y se acarició el lóbulo de la oreja.

—Se trataba de un importante experimento y... en fin... nos gustaría, si es posible, que... que nos devolviesen ustedes, ¡ejem...! El material hallado a bordo de la Géminis. ¿Me explico?

El embajador se mordió el labio inferior y se rascó la barbilla.

—Se lo comentarrré al prrresidente Krrruschev. No creo que haya ningún inconveniente.

El agente de la CIA alzó las cejas y se tocó la punta de la nariz.

—¿Ah, no? Pues qué bien.

El ruso apretó las mandíbulas para que no se le escapase la risa.

Cuatro días después, una delegación americana, encabezada por el agente especial Walthon, entraba de nuevo en la sede de la embajada soviética en Washington. Entre los integrantes del grupo se encontraba el doctor Watson, ansioso por reencontrarse con Virgilio.

El primer secretario de la embajada hizo pasar a los americanos a un gran salón de recepciones. Allí les esperaba una sorpresa.

—Supongo que no les importarrrá que haya avisado a los medios de comunicación, señorrres.

Este es uno de los pocos casos de buen entendimiento entrrre nuestrrros dos países en los últimos años. Crrreemos que merece la pena darrrle publicidad.

Walthon hizo rechinar los dientes. Estaban todos. Habían venido hasta de los periódicos deportivos.

—Maldita sea... –murmuró para sus adentros–. Ahora se va a enterar todo el mundo.

Al doctor Watson, por el contrario, le apareció una sonrisa en los labios.

—Estupendo –murmuró para sus adentros–. Se acabó el secreto. Ya nadie podrá evitar que Virgilio se convierta en un héroe.

Como la operación "Virgilio" había sido considerada un absoluto fracaso por la CIA, Walthon y sus superiores decidieron no decir ni palabra. El doctor Watson se había mostrado indignado con aquella decisión. Tal vez las cosas no habían salido del todo bien pero lo cierto era que Virgilio Valbuena no solo se había convertido en el primer niño astronauta, sino que, con sus quince semanas en órbita, había pulverizado todos los récords de permanencia en el espacio. Y nadie parecía dispuesto a reconocerle ese mérito.

Mira por dónde, los soviéticos iban a desvelar el secreto ante los ojos del mundo entero.

Cuando Virgilio apareciera en aquella sala atestada de periodistas, a Walthon y sus colegas les resultaría imposible ocultar la verdad.

El embajador ruso, muy pomposamente, se situó tras un atril decorado con la bandera de la hoz y el martillo. Y ante el malestar de Whalton, lo contó todo de pe a pa.

Que los americanos habían perdido el control de su misión espacial. Que la cápsula Géminis había caído en territorio soviético, causando graves daños en una estación de seguimiento en Kazajistán. Y que ahora el gobierno soviético se aprestaba a devolver a los estadounidenses el contenido de la cápsula... a cambio de dos espías soviéticos capturados meses atrás cuando intentaban hacerse pasar por limpiaventanas en el edificio central de la CIA en Langley, Virginia.

Con mucha pompa, los rusos abrieron unas cortinas y, tras ellas, aparecieron cuatro soldados transportando una enorme caja de madera.

Watson, Walthon y el resto de los americanos se quedaron de piedra. ¿Por qué traían a Virgilio dentro de una caja? La solución llegó enseguida por boca del embajador:

—Amerricanos: aquí tienen sus pepinillos. Que les aprovechen.

Walthon se puso en pie, lívido.

—¡Pero...! ¿Qué broma es esta? –gritó.

—¿Brrroma? –sonrió el embajador–. ¿Acaso no anunciarrron ustedes al mundo enterrro que su cápsula iba llena de plantas de pepinillos? Pues aquí están, frrrescos y lozanos.

Walthon se dirigió a la caja, la abrió, sacó una de las macetas y, a continuación, descargó un puñetazo sobre la mesa.

—¡Estos no son nuestros pepinillos!

—¿Ah, no? ¿Cómo lo sabe?

—Porque... ¡porque nuestros pepinillos son mucho más gordos! ¿Se entera? ¡Devuélvanos nuestros pepinillos ahora mismo, comunista del demoniooo!

—¿Y si no me sale de las narrrices, condenado capitalista?

—¡A mí no me vengas con bobadas, que lo mismo te mando un pepino atómico contra el Kremlin, para que vayas aprendiendo!

—Querrrás decirrr un pepinillo atómico. ¡Chulo, más que chulo!

—¿A quién llamas chulo, hijo de Iván? ¿Eh? ¡A ver!

Y ante toda la prensa internacional, el agente Walthon y el embajador ruso se sacudieron de lo lindo antes de que los estupefactos soldados rusos y los sorprendidos agentes de seguridad americanos pudiesen separarlos.

PELIGRO INMINENTE

El presidente soviético, Nikita Kruschov, recibió a Virgilio el siguiente miércoles, en el Kremlin. Le palmeó la cabeza, le palmeó la espalda, le palmeó las mejillas y le regaló el zapato con el que había golpeado su mesa en la asamblea de las Naciones Unidas para reclamar la atención de todos, cuatro años atrás[4]. También le regaló un oso de peluche vestido con el uniforme del Ejército Rojo, que Virgilio conservaría durante el resto de su vida. Por el contrario, el zapato del presidente fue arrojado a una papelera de la Plaza Roja a la salida de esa misma entrevista.

Kruschov estuvo con Virgilio veinte minutos. Al término de la audiencia, el presidente soviético ya había decidido que fuera el vicesecretario general del PCUS[5], Nicolai Podgorni, quien se ocupase personalmente del destino del niño americano.

---

[4] Anécdota verídica, conocida como "el incidente del zapato".

[5] PCUS: siglas en español del Partido Comunista de la Unión Soviética.

Curiosamente, tres meses después, Podgorni, junto a Alexei Kossygin y Leónidas Brezhnev, promovían la destitución de Kruschov como presidente de la URSS. Algunos analistas aún consideran que el "encarguito" de ocuparse del peliagudo "asunto Virgilio" tuvo algo que ver en aquella conspiración.

En efecto, a Podgorni le sentó como un tiro que el presidente le hiciese responsable de aquel chavalín, tan pálido y rarito; y que tanto le recordaba su propia y desgraciada infancia.

Podgorni encargó a los analistas del KGB[6] que estudiasen el "caso Virgilio" para saber qué hacer exactamente con el dichoso niño.

La respuesta no tardó en llegar pero fue muy distinta de la que Podgorni esperaba. Le llegó por boca del jefe del Segundo Directorio[7], el coronel Goliadkin.

—Los americanos se suben por las paredes con el asunto del niño cosmonauta. Al parecer, la CIA se ha tomado como un asunto personal el recuperarlo a toda costa. En el Segundo Directorio pensamos que podrían intentar una acción tipo "comando" para rescatarlo.

---

[6] KGB: siglas en ruso del Comité para la Seguridad del Estado, el Servicio Secreto de la Unión Soviética.

[7] Segundo Directorio: dentro del KGB, la sección de contraespionaje.

—Están locos estos americanos.

—Sí, señor vicesecretario general. Locos de atar. Todos ellos se creen Gary Cooper. Bueno... excepto unos cuantos que se creen Marilyn Monroe. Precisamente por eso son tan peligrosos. Nuestros hombres han calculado en más de un setenta por ciento las posibilidades de que los yanquis intenten una acción armada en nuestro territorio.

—¿Y conseguirían su objetivo?

—Las posibilidades de que lo logren son solo del treinta por ciento. Pero las de que esa acción provoque un conflicto diplomático grave se elevan al ochenta por ciento. Que ese conflicto derive en una guerra termonuclear a gran escala, presenta una posibilidad del cuarenta y cinco por ciento. Y si hay guerra atómica, las probabilidades de que el planeta Tierra quede completamente destruido e inhabitable durante trece mil años son del sesenta y seis por ciento.

—Caray, Goliadkin. ¿Y qué podemos hacer para impedir la hecatombe?

—Nuestros analistas barajan dos soluciones. Primera: devolver al niño.

—Eso, ni hablar. Hombre, hasta ahí podíamos llegar.

—Segunda: trasladarlo a un lugar en el que los americanos no puedan encontrarlo.

—Eso ya me gusta más. Envíelo a Siberia, Goliadkin.

El coronel carraspeó levemente.

—Señor vicesecretario general... Con todo respeto... le recuerdo que se trata de un niño de ocho años. Además, ha sido recibido por nuestro presidente. Le dio unos cachetitos y le regaló su zapato.

—No diga memeces, Goliadkin. El presidente le regala un zapato a todo el que acude a verle. Y a todos les dice que es el de la ONU. Las zapaterías de Moscú están encantadas con él. Nada: a Siberia con el niño.

—Sigue sin parecerme buena idea. Siberia es el primer sitio en el que buscarán los americanos. Como a todo el que nos estorba lo mandamos allí...

Podgorni hizo rechinar los dientes.

—Eso es verdad. En fin... Estoy seguro de que sus hombres ya se han adelantado a mis deseos y han encontrado el destino ideal para ese niño, coronel. ¿Me equivoco?

Goliadkin sonrió.

—En efecto, señor vicesecretario general. Creemos haber dado con el lugar del que los americanos nunca sospecharían. Podemos enviarlo allí durante unos meses y, cuando todo este asunto se olvide, volver a traerlo a la Unión Soviética.

—Muy bien, muy bien. Y... ¿cuál es ese lugar, Goliadkin?

El coronel del KGB aproximó los labios a la oreja derecha de Podgorni y susurró el nombre.

—Torremolinos.

3. SPAIN

AEROPUERTO DE EL PRAT (BARCELONA)

19 de junio de 1964

EL HOMBRE DEL BIGOTE

¡Llegada del vuelo de la compañía Aeroflot 5182, procedente de Moscú!

El anuncio, hecho a través de la megafonía del aeropuerto, causó un considerable revuelo. En aquellos años no era fácil ver ciudadanos de países comunistas en España, y la llegada de un reactor cargado de rusos era capaz de desatar una más que notable expectación.

Pese a la ausencia de relaciones diplomáticas entre España y la Unión Soviética, el prestigioso oftalmólogo don Ignacio Barraquer había logrado que el gobierno del general Franco autorizase excepcionalmente la presencia, durante tres días, de una nutrida representación soviética en Barcelona con motivo del congreso internacional sobre cirugía ocular, campo en el que los rusos

poseían técnicas prácticamente desconocidas en los países occidentales.

Aquella mañana, la Guardia Civil había habilitado seis ventanillas suplementarias de control de visados y pasaportes en el aeropuerto para agilizar los trámites de entrada en el país de los ciento veinte oculistas comunistas acreditados para el congreso.

Su llegada a la terminal Internacional constituyó todo un espectáculo. Ellos eran altos y fornidos, como remeros del Volga. Ellas eran altivas y atléticas, como bailarinas del Bolshoi.

Quizá por eso, el sargento de la Benemérita Francisco Jimeno sospechó al momento de aquel sujeto bajo, algo enclenque, de pelo ralo y espeso bigote, que llegó acompañado por un niño rubísimo de corta edad, corta estatura y enormes gafas.

—Ese tiene de oculista ruso lo que yo de cura obrero –le comentó Jimeno a su compañero de garita, Antonio Sánchez–. Ya sabía yo que los rusos intentarían pegárnosla. Son como *fuinas*. Aprende cómo se las gasta un experto, muchacho.

Rememorando la clase de ruso que les habían impartido en el cuartelillo esa misma mañana, el sargento Jimeno salió de su cabina acristalada y se plantó en mitad del pasillo, ante la extraña pareja.

—¡Tú, quietov! –exclamó, alzando la mano ante el hombre del bigote–. ¡A ver! ¡Identificoski, tovarich! Pasaportov y visadoski.

El sujeto sacó calmosamente su pasaporte del bolsillo y se lo entregó al carabinero, que lo miró y remiró por todas partes. Acto seguido, se encaró con el extranjero.

—Tú, sospechoski. ¿Te enteras? ¡Sos-pe-choski! ¡Que a mí no me la das! ¡Que te he *calao*, Menelao! –dijo Jimeno castizamente. Acto seguido, se tocó con el dedo bajo la nariz–. El bigótov. Los demás no llevan bigótov. Niet. Niet bigótov. Y tú sí. ¿Qué pasa? ¿Que eres más chulo que nadie? Pues mira: sospechoski. ¡Por chulo! Ya puedes ir abriendo el maletof, que te vamos a registrar hasta las cantoneras.

—No te esfuerces, Jimeno –le recomendó el número Sánchez–. ¿No ves que no te entiende?

—¿Que no me entiende? ¿Que no me entiende? –se jactó Jimeno–. ¡Después de veintidós años de carabinero en la Seo de Urgel, a mí me entiende hasta el moro Muza! ¿A que me has entendido, tovarich?

—Le he entendido perfectamente, señor guardia –respondió el ruso del bigote.

—¿Lo has oído, Sánchez...? ¡Conchos! ¡Pero si habla español con acento baturro!

El hombre del bigote resultó ser uno de los llamados "niños de la guerra". Eso sí, tuvo que contarle al guardia Jimeno prácticamente toda su vida para que le dejara pasar: su nacimiento en Alfamén, provincia de Zaragoza; su niñez en Utrillas, Teruel, adonde trasladaron a su padre, de profesión ferroviario; la muerte de este y de su madre en la guerra civil española del treinta y seis; su envío a Rusia junto a otros niños y niñas españoles para escapar de los horrores de la contienda; su adopción, algún tiempo después, por un matrimonio ruso, excelentes personas. Por eso ahora su apellido ya no era Galindo sino Timochenko.

Luego, la atención de Jimeno se desvió hacia Virgilio. Lo miró con cierta aprensión. Tan bajito, tan rubio, con aquella piel de calamar crudo...

—¿Y el niño?

—¿Qué niño? Ah, este. En realidad no es un niño. Viene conmigo al congreso en calidad de material didáctico. Forma parte de una ponencia.

—Sí, claro: de la Unión Soviética.

—Ponencia, señor guardia. Ponencia. No potencia.

—Ah, bueno... Ya, ya...

—Resulta que, desde hace años, en Rusia curamos la miopía en un pispás con una sencilla operación quirúrgica. ¿Ve esas gafas gordísimas que lleva el rapaz? Dentro de tres días volverá a Rusia sin ellas. Vamos a hacer la demostración en el congreso del doctor Barraquer.

—¡Qué asombro! Lástima que sean ustedes tan "rojos". Porque mira que saben...

Por fin, el guardia Jimeno accedió a estampar el sello de Aduanas en las páginas del pasaporte del hispano-ruso y le dio la bienvenida a España con el eslogan que tan famoso se había hecho en aquellos días.

—Recuerde: Espáin is díferaint –recitó.

—Qué me va usted a contar a mí... –replicó Timochenko.

Gregori Timochenko –de niño, Gregorio Galindo– se emocionó al volver a pisar suelo hispano. Llevaba casi treinta años fuera de su país. Aunque ahora era un ruso más, seguía teniendo corazón español, y al oír cantar una jota se emocionaba como un niño.

A la salida del aeropuerto, y tras asegurarse de que nadie reparaba en ello, Timochenko cogió a Virgilio de la mano y se separó del grupo de oftalmólogos soviéticos. Y mientras los oculistas se acomodaban en tres grandes autobuses, el niño de la guerra civil y el niño de la guerra fría se dirigieron a la parada de taxis y subieron al primero de la fila. Justo antes, arrojaron las falsas gafas de Virgilio a una papelera.

—¿Adónde? –preguntó el taxista.

—A Torremolinos –dijo Timochenko.

—¿Cómo? ¿Calle Torremolinos? ¿Y eso por dónde cae?

—No, no. A Torremolinos, provincia de Málaga. ¿Puede llevarnos o no?

—Como poder, puedo. Pero le costaría un dineral.

—¿Cuánto?

El taxista carraspeó y murmuró la primera barbaridad que le vino a la cabeza.

—Eeeh... Pongamos... cinco mil.

Timochenko sacó de inmediato cinco grandes billetes verdes con las efigies de los Reyes Católicos y se los entregó al chófer, que comenzó a temblar nerviosamente.

—Deme dos minutos –le dijo al ruso–. Voy a llamar a mi mujer desde aquella cabina para decirle que no me espere a comer... y que ya se puede comprar la lavadora automática.

TORREMOLINOS

Virgilio siempre recordaría la época de Torremolinos con cariño. La verdad es que se lo pasó bomba con el señor Timochenko. Duró solo siete semanas pero fueron siete semanas inolvidables.

El presupuesto asignado a la operación por los servicios secretos soviéticos no parecía tener límite. Virgilio y Timochenko llegaron el veinte de julio, se alojaron en el Torremolinos Gran Hotel y comenzaron a vivir a lo grande: playa cada día, excursiones en burro, alquiler de *pedalos*, paseos en coche de caballos, paellas, tablaos, corridas de toros... En fin, todo lo que un chaval de ocho años puede imaginar para pasarlo en grande.

Todo, excepto amigos. Por cuestiones de seguridad, no podía hablar con ningún otro niño o niña. Realmente, no podía ni abrir la boca sin permiso de Timochenko; y Timochenko no le daba permiso nunca, para no descubrir su origen apátrida.

Si el español había sido alguna vez su idioma, lo había olvidado por completo debido a la falta de uso. El inglés de Virgilio se había vuelto irreconocible, enmascarado tras un fortísimo acento ruso, y su ruso era todavía un tanto mediocre.

Aparte de que en España no hablaba ruso ni el director del Circo Ruso. Tampoco sus conocimientos de italiano, tan parecido al idioma español, le habrían servido de gran cosa.

—Hoy en día, en España resulta sospechoso dominar lenguas extranjeras; por eso, si quieres hacer amigos, debes esforzarte en aprender el español –repetía a menudo Timochenko, mientras le impartía su clase diaria del idioma de Cervantes.

—Entonces... ¿vamos a quedarnos aquí mucho tiempo?

—Todo el que podamos, chaval. Todo el que podamos. ¿O es que conoces un país mejor que este para vivir?

Durante los primeros quince días de estancia en España, las precauciones tomadas por Timochenko para que su presencia y la de Virgilio no despertasen la menor sospecha, fueron realmente intensas. Pero, transcurrido ese tiempo, el hombre del bigote se convenció de que no corrían peligro alguno y decidió "soltarse el pelo".

El poco que le quedaba.

Ataviado con sus inevitables chanclas, camisa de flores y bañador Meyba, comenzó a intentar ligar con todas las suecas de la playa. Se compró unas gafas de sol *Rayban*, de las que se sacaban de "estranjis" de la base americana de Rota. Y una cadena chapada en oro así de gorda, que se colgó del cuello. Como aquello no daba el resultado apetecido, decidió alquilar un Citroën *Mehari* de color naranja. Y eso sí funcionó.

Timochenko comenzó a llevar una vida de absoluta disipación. Por las tardes, tras la siesta, dejaba en la habitación del hotel a Virgilio, cogía el *Mehari* y no regresaba hasta altas horas de la madrugada. Volvía siempre bastante alegre, cantando jotas. En especial, la jota de la Dolores, que habían popularizado los coros del ejército ruso al incluirla en su repertorio, y de la que Timochenko solo se sabía los dos primeros versos:

Aragón, la más famosa,
es de España y sus regiones...

que repetía indefinidamente con voz cazallera hasta quedarse dormido.

Por las mañanas, mientras Virgilio hacía castillos de arena, Timochenko dormía en la playa hasta las doce, momento en que se levantaba de la tumbona para asistir a sus diarias clases de esquí acuático.

Tras la comida, siesta de dos horas; y a empezar de nuevo.

Virgilio intuía que la desordenada vida de su tutor no podía durar demasiado.

Y así fue.

Una mañana, cuando ya el verano tocaba a su fin, mientras Gregorio Timochenko tomaba su habitual clase de esquí náutico, se percató de que un grupo de jóvenes bañistas noruegas, ataviadas con esos impúdicos bañadores de dos piezas a los que llamaban bikinis, seguía con atención sus evoluciones sobre el agua.

Decidió lucirse.

Tan pronto soltaba una mano como se volvía de espaldas o trazaba eses pronunciadísimas, levantando espectaculares cortinas de agua que suscitaban aplausos. Cada vez más animado por su éxito, indicó por gestos al piloto de la lancha que acelerase a fondo el motor de la fueraborda.

Y aunque jamás lo había intentado antes, decidió realizar un salto acrobático.

A más de treinta nudos, Timochenko se separó de la estela de la embarcación y enfiló la rampa flotante de madera que servía de trampolín.

De reojo, Virgilio constató las intenciones de don Gregorio y, aunque estaba a punto de desmoldar un gran cubo de arena húmeda, lo dejó todo y se puso en pie, con un mal presagio en la mirada.

Calculó a ojo trayectorias y velocidades. Se dio

cuenta de que Timochenko iba demasiado rápido. Virgilio solo tuvo tiempo de decir:

—Ay, madre...

La recepción sobre la rampa de madera fue buena. El inicio del vuelo resultó un poco apurado pero Gregori logró recomponer la figura, ya en el aire, y durante la larga parábola tuvo tiempo de erguirse, sacar pecho y volverse a mirar con aire algo chulesco al grupito de jóvenes vikingas, que lo contemplaban entusiasmadas.

Lo cierto es que el salto de Timochenko habría resultado francamente admirable de haber terminado en el agua.

Por desgracia, su espectacular vuelo finalizó en la bodega del *Juana Mari III*, tras atravesar, abriendo un colosal boquete, la cubierta principal del coquetón barquito turístico, al que tuvieron que desplazarse más tarde tanto el médico forense como el juez de guardia para certificar el fallecimiento y ordenar el levantamiento del cadáver. Respectivamente.

Virgilio lo contempló todo desde la orilla.

Mientras la gente gritaba, hacía aspavientos y pronunciaba los típicos comentarios inoportunos sobre el terrible accidente, él permaneció pensativo.

Por fin, cuando ya los últimos curiosos se hubieron retirado, fue hacia su toalla, la sacudió, la plegó, se puso su camiseta con publicidad de *Orange Crush* y abandonó la playa.

Al llegar al paseo, esperó a que hiciese su aparición un guardia municipal y se dirigió a él.

—Perdone, señor guardia –dijo, estrenando al fin, de manera práctica, sus recién aprendidos conocimientos de español.

—¿Qué te ocurre, chico? ¿Te has perdido?

—No, no es eso. Solo quería saber si podía indicarme dónde está el hospicio más cercano.

NEGOCIADO DE ADOPCIONES

PORRAS

—¿Señor Porras...?

El funcionario levantó la vista del *Marca* y sonrió.

—Sí. ¿Qué quieren ustedes?

—Buenos días. Soy Emilio Colás. Esta es mi señora, Manuela Carballo.

La sonrisa de Manuela era limpia y atractiva y logró levantar de su asiento al funcionario, que le tendió la mano.

—¿Cómo está usted, señora?

—Bien, gracias. ¿Y usted?

—¿Yo? Como una porra, ya que lo pregunta. Me he levantado esta mañana con un dolor en la ingle que no presagia nada bueno. En fin... Cosas de la edad, supongo.

—¿Se acuerda de nosotros?

Martín Porras escrutó los rostros del matrimonio. Ya no eran dos chavales, pues rozarían ambos la cuarentena pero seguían teniendo la chispa de la juventud en la mirada.

—El caso es que me suenan ustedes, pero...

—Venimos todos los años por estas fechas a interesarnos por lo nuestro –explicó el marido.

—Ya. ¿Y qué es lo suyo?

—Pues... el expediente de adopción, claro.

—¡Claro, claro! Desde luego, han venido al lugar idóneo, porque esto es el negociado de adopciones. Creo. ¿Y qué querían saber?

—Pues eso... En qué estado se encuentra nuestra petición...

—¡Ah! Seguro que está en buen estado, no se preocupen. Por aquí andará, en alguna parte.

El matrimonio y el funcionario se miraron en silencio durante unos segundos en los que se fue borrando la sonrisa de la cara de Porras que, por fin, alzó las manos, dobló el periódico con resignación, señaló a los Colás las dos sillas de madera situadas ante su mesa y se dirigió al gran archivo que estaba a su espalda.

—¿Cómo porras me ha dicho que se llama? –preguntó en un tono mucho menos cordial.

—Colás. Emilio Colás. Para servirle.

—Y Manuela Carballo –completó la mujer.

Porras abrió el archivador de la "C" y fue haciendo correr los expedientes entre los dedos. El orden alfabético brillaba por su ausencia, así que tuvo que comprobar los apellidos en el interior de las carpetillas, uno por uno, hasta dar con el que buscaba, cosa que le llevó cerca de un cuarto de hora.

—¿Dónde porras se habrá metido...? –rezongaba de cuando en cuando. Hasta que, por fin–:

¡Aquí está! ¡Colás! ¡Emilio Colás! –gritó, eufórico–. ¡Lo tengo! ¡Lo tengo!

Con la expresión iluminada, cogió el expediente y fue a sentarse ante el matrimonio, que permanecía en silencio.

—¡Para que vean! –exclamó Porras, arrojando con aire triunfador la carpetilla sobre la mesa.

—¿El qué?

—No se me haga el tonto, hombre. Ustedes pensaban que no iba a encontrarlo ¿verdad? Son de los que creen que la administración pública es un caos, que la culpa de todos los males es de la burocracia ¿verdad? No se molesten en negarlo, se lo noto en la cara.

—No, no, nosotros...

—¡Es tan fácil criticar! –se quejó Porras, amargamente–. Pero lo cierto es que la administración española es una máquina bien engrasada. ¡Un reloj de precisión! ¿La prueba? ¡Hela! Ustedes querían ver su expediente... ¡y aquí tienen su expediente! ¿Qué tienen que decir ahora? ¿Eh?

—No, nada...

—¡Entonces, a callar! Y ahora, vamos a ver qué problema tienen los señores incrédulos –murmuró Porras ojeando el contenido de la carpetilla–. ¡Ah, caramba! Ya les recuerdo. Usted es el dueño de esa pequeña empresa de fabricación de pegamentos...

—"Colas Colás", en efecto.

—¿Y qué tal va el negocio, señor de las colas?
—Eeeh... bien, bien.
—¡Y una porra! –saltó Porras–. Según nuestros informes, Colas Colás va de mal en peor. ¡Está al borde de la quiebra!
—No, no, se lo aseguro: es solo una crisis pasajera...
—Pues comprenderán que, estando en crisis, no pueda recomendarlos como padres adoptantes. Los niños deben ir a hogares sin problemas económicos, o se corre el peligro de que, ante la necesidad, sean mal alimentados o, incluso, se les obligue a trabajar en lugar de acudir al colegio. Y para recibir semejante trato, no hace falta sacarlos del hospicio. ¿Me comprende?
—Sí, ya... –intervino doña Manuela–. Pero es que llevamos diez años esperando...
—Diez años. ¿Y eso le parece mucho, señora? ¡Tendría usted que ver lo que hay aquí! Algunos expedientes los heredamos de la República, no le digo más. Mire, las cosas en España se hacen bien. Despacito y bien. Luego, es mayor la recompensa. Por ejemplo: el mes pasado resolvimos favorablemente un expediente. Los padres casi no podían creerlo, después de tanto tiempo. Y cuando les entregamos a su nuevo hijo, con la mili terminada y su título de ingeniero de caminos en el bolsillo... ¡qué alegría más grande por ambas partes! Así que, nada, vuelvan a su

casa y, cuando los pegamentos vayan viento en popa, ya saben dónde me tienen.

HERODES

Esa misma tarde, mientras los Colás regresaban a su casa en el semidirecto de las cinco, el funcionario Porras recibió una llamada telefónica.

—Don Serafín Herodes por la línea uno –canturreó la telefonista.
—¿Quién?
—El director del hospicio.
—¡Ah, sí! Páseme... ¡Herodes, muchacho! ¿Qué tal va eso?
—¡Oye, Porras! ¿Cuándo me vas a quitar de en medio al niño este del pelo blanco?
—¿Qué niño?
—El indocumentado que vino de Torremolinos hace un par de meses, el albino, que te lo he dicho dos docenas de veces.
—¿Y qué le pasa?
—¡Que no lo aguanto, Porras! ¡Que no lo aguanto! Tendrías que oír las cosas tan raras que dice. ¡Sabe de todo! ¡Me solivianta a los demás críos! ¡Le gusta la comida!
—¿La comida del hospicio? No es posible.
—Lo que oyes. Hay días en que pide repetir. Y encima, no dice nunca tacos. ¡Me tiene desconcentrado!

—Desconcertado, será.

—Sí, eso también. ¿Qué te crees que hizo la otra noche?

—A saber...

—Como no tenía sueño, se levantó y se puso a purgar los radiadores del hospicio. ¡Y ahora, resulta que calientan! ¡Imagínate! Después de siete años, voy a tener que comprar carbón. O sea, el presupuesto, a hacer gárgaras. Y yo que pensaba enmoquetar este año mi despacho... ¡Es que lo mataría, Porras! ¡Solo de verlo, se me encasquilla el sistema nervioso, no lo puedo remediar! Te lo advierto: o lo apartas rápido de mi vista o cualquier día cometo una barbaridad.

—Tranquilo, Herodes; veré lo que puedo hacer.

—Deprisita ¿eh? Deprisita o aquí se puede desarrollar un drama que ni los de don Vicente Blasco Ibáñez.

Cuando el funcionario Porras colgó el teléfono, ya tenía una idea bastante exacta de qué hacer con el condenado niño del pelo blanco.

HOGAR

—Papá...

El señor Carballo levantó la vista de la horma en la que acababa de colocar el zapato nuevo de doña Soledad, que le apretaba en el juanete.

—Hola, Manolita, hija... ¿Qué quieres?

—Papá... Acaba de llamar el señor Porras, del negociado de adopciones. Dice que han aceptado nuestra solicitud, por fin.

—¿Cómo? Pero... ¿pero no estuvisteis ayer con él y no os dio ninguna esperanza?

—Sí, sí, pero... algo ha debido de cambiar, de repente. Ha dicho que podemos pasar por el hospicio cuando queramos. En realidad, cuanto antes, mejor.

El padre de Manuela se irguió en la banqueta. Trató de sonreír.

—Bueno... estupendo. Me alegro mucho por Emilio y por ti. Lo deseabais hace tanto tiempo... Felicidades.

—Gracias, papá. Oye, hay otra cosa... Tú sabes que el negocio de Emilio no va demasiado bien y... me preguntaba... si podrías echarnos una mano.

—¿Para qué?

—Ya sabes: hay que comprar una cuna, algunos vestidos, braguitas, pañales, biberones... y quiero pintar de rosa la habitación.

El abuelo Carballo se rascó la coronilla y, por fin, asintió en silencio. De uno de los estantes de su taller, cogió una caja de hojalata, la abrió y sacó de ella dos billetes verdes y uno azul.

—¿Valdrá con eso?

Manuela sonrió.

—¡Ya lo creo! Gracias, papá.

—¿Cuándo vais a ir a recoger a la niña?

—El próximo lunes. Iremos por la mañana, en el TAF, y volveremos por la noche, en el expreso.

Y fueron en el TAF y volvieron en el expreso.

Durante el viaje de regreso, Manuela no paraba de llorar, así que su marido la sacó al pasillo del vagón y abrió la ventana para que le diera el aire, aun a riesgo de que una mota de carbonilla se le metiera en los ojos. Dejaron a Virgilio en el departamento, junto a dos monjas que rezaban el rosario y un viajante de vasos de "duralex" que roncaba como un oso.

—Deja de llorar, mujer. Que el chico se va a dar cuenta de que te has llevado un disgusto.

—¡No teníamos que haber aceptado, Emilio!

–exclamó Manuela, entre dos sollozos–. ¡Qué error! ¡Qué enorme error!

—Ya oíste a Porras: quien rechaza una oferta de adopción, pasa al último lugar de la lista de espera. Habría sido tanto como renunciar para siempre a tener un hijo.

—¡Deberíamos reclamar! En todas las entrevistas habíamos dicho que preferíamos una niña. Una niña pequeñita. ¡Llevábamos diez años diciendo que queríamos una niña, Emilio!

—Y siempre nos dijeron que eso no significaba nada. Que los hijos adoptados no se pueden elegir a la medida, como si fueran un traje.

—Ya... pero esto es como si encargas un traje de boda y el sastre te hace un uniforme de bombero.

—Mujer, no seas cruel...

—No podemos quedarnos con él, Emilio. No podemos. No podemos. No podemos. Mañana mismo, llamamos a Porras y le decimos que no. Que no podemos. Que se lo lleve. Que no lo queremos. ¡Que no!

—Calla, que te va a oír.

Llegaron casi a las once de la noche, con no mucho retraso para lo que en aquella época se estilaba en la Renfe. En silencio, en medio de un frío excesivo para aquellos primeros días de noviembre, Emilio, Manuela y Virgilio recorrieron la distancia que separaba su casa de la estación del ferrocarril.

—Es aquí –dijo lacónicamente Emilio Colás, abriendo la puerta de la vivienda de una sola planta.

Al entrar, se dirigieron a la cocina. Allí encontraron al señor Carballo, que estaba terminando de prepararse la cena.

—¿Ah, cómo? ¿Ya estáis aquí? ¡Dejadme ver a esa criaturita...!

Cuando el matrimonio se hizo a un lado, dejando a la vista a Virgilio bajo el umbral de la puerta, la falsa sonrisa del señor Carballo se tornó sorpresa enorme.

—¡Anda! –dijo–. ¿Quién es ese?

—Pues, verás, papá... –trató de explicar Manuela, con un hilo de voz.

—¿No os iban a dar una niña pequeña?

—Eso creíamos pero, por lo visto, no ha podido ser, así que...

—¡Un chico! –exclamó entonces el anciano–. ¿Os han dado un chico? ¿Un chico ya criado? ¿A vosotros? ¡No puedo creerlo! ¿Qué le pasa? ¿Es tonto? ¿Sordomudo? ¿Está tuberculoso?

—No, si pasarle, no le pasa nada. Lo único, lo del color. Es falta de pigmento.

—¿Falta de pimiento?

—¡Pigmento, papá! ¡Que cada día estás más sordo!

—Ah, pigmento, ya... pero eso no es nada grave. El chico está bien ¿no? No parece lisiado ni nada.

—Al contrario, el señor Porras dice que nunca está enfermo y que es muy espabilado –le aclaró Emilio a su suegro–. Incluso... sabe purgar radiadores.

El padre de Manuela parpadeó durante veinte segundos.

—Pero... ¡esto es inaudito! –exclamó el señor Carballo–. ¿Cómo lo habéis conseguido? ¡Ah! ¡Ya lo entiendo! ¡Para eso me pediste el dinero el otro día! ¡Habéis sobornado a ese tal Porras!

—¿Qué? ¿Sobornado? No, no, papá... –replicó Manuela, cada vez más confusa–. En realidad, no es... definitivo. Tenemos quince días para echarnos atrás. Para devolverlo, vaya.

El viejo zapatero miró a su hija.

—¿Qué? ¿Devolverlo?

La miró muy, muy serio, durante un rato muy largo. Fue como un silencioso e interminable reproche. De pronto, se encaró con Virgilio, que había dejado en el suelo su pequeña maleta y su oso vestido de oficial del ejército ruso.

—No les hagas ni caso –dijo el padre de Manuela–. Llevaban diez años esperándote y, claro, al verte aquí, por fin, se han trastornado un poco. Dime, chaval: ¿cómo te llamas?

—Virgilio, señor.

—Pues yo soy Carballo. ¡El abuelo Carballo! ¡Anda, ven y dame un abrazo!

El viejo zapatero había hincado la rodilla izquierda en tierra y abría los brazos de par en par. Virgilio miró a Emilio y Manuela, que se habían quedado atónitos. Y corrió a abrazarse al abuelo. Cuando el hombre se incorporó, Virgilio subió con él, colgado de su cuello.

—¿Habías tenido abuelo alguna vez?

—No, no señor. Usted es el primero.

—¡Bien! También tú eres mi primer nieto. Esta pareja... digamos que no son muy hábiles para estas cosas. Anda, ven, que te voy a enseñar el taller.

—¿Qué taller?

—Soy zapatero ¿sabes? Bueno, zapatero de profesión y científico por afición. Por cierto, ¿has cenado?

—Me he comido un bocadillo de chorizo en el tren.

—Chorizo... ¡Buah! Luego, venimos y cenamos los dos como Dios manda. ¿Te gusta el lacón con grelos?

—No sé qué es eso. Pero a mí me gusta todo, señor.

—Abuelo.

—Eso: abuelo.

Virgilio y el abuelo Carballo salieron de la

habitación cogidos de la mano, dejando a Emilio y a Manuela en estado de total y absoluta estupefacción.

Volvieron al cabo de tres cuartos de hora.

—¡Este chico es una joya! –exclamó el abuelo–. ¡Pero si ha conseguido quitar la vibración que tenía el torno de pulir tacones desde hace dos años!

—El volante de inercia, que estaba algo torcido. Era muy sencillo, abuelo.

—¡Abuelo! ¿Tú sabes lo bien que suena? Abuelo... ¡Bueno, hala! A cenar y a la cama.

—¿Cuál va a ser mi cuarto?

Emilio y Manuela se miraron, azorados. Por suerte, el abuelo salió al quite.

—Es la habitación del fondo del pasillo. Está pintada de rosa, porque... porque allí dormía hace tiempo un tío de tu padre que era afeminado. Pero no te preocupes, que la pintaremos del color que más te guste. ¿Verdad, Manolita?

—Sí.

—A mí me gusta el negro.

—¿Negro? –rezongó el abuelo–. Hombre, Virgilio, mira, yo no soy supersticioso. O sea, que no creo en brujas, aunque haberlas, haylas. Pero pintar tu cuarto de negro... no sé...

—¿Y violeta? La temporada pasada se llevaba mucho el violeta.

—Eeeh... Bueno. Pero violeta clarito, ¿eh?

Esa noche, a Emilio y Manuela les resultó difícil conciliar el sueño.

—¿Qué vamos a hacer, Emilio?

—Mujer... ya sé que te habías hecho la ilusión de que nos dieran una niña y llamarla Manolita y cambiarle los pañales y todo eso. Pero... ¿has visto a tu padre? Nunca le gustó la idea de que adoptásemos un niño y, sin embargo, parece que está encantado con Virgilio.

—Es verdad. Y seguramente tiene razón: el chico es un poquito raro, sí. Pero parece bueno. Y está sano.

—Y es listo.

—¿Y te has fijado en lo poquito que come? Con dos trocitos de lacón, un puñadito de grelos y un higo ya decía que había cenado como un general.

—Sí, sí... eso es otra ventaja, desde luego. Al menos, mientras las cosas no nos vayan mejor.

—Entonces... ¿qué?

—¿Qué de qué?

—Que... qué hacemos.

—Lo que tú digas.

—No, no, tú decides.

—Ni hablar. Tiene que ser cosa de los dos.
—Bien. Pero ¿tú qué piensas?
—Yo pienso lo mismo que tú.
—O sea, que los dos pensamos lo mismo.
—Me parece que sí.
—Pues venga, dilo tú.
—No, dilo tú.
—¿Los dos a la vez?
—Los dos a la vez.

Emilio y Manuela se miraron a los ojos, se cogieron de las manos y dijeron a un tiempo:

—¡Nos lo quedamos!

LA NUEVA VIDA

Los primeros días en su nueva casa fueron una continua sucesión de novedades para Virgilio.

EL FORO CIENTÍFICO GALLEGO

Al día siguiente, después de comer, el abuelo Carballo cogió a su nuevo nieto de la mano y, juntos, se dirigieron al bar Celta, situado a tres calles de su casa.

—¿Sabes qué es esto? –preguntó el abuelo Carballo, al llegar, deteniéndose frente a la entrada.

—Un bar.

—Parece un bar. En realidad, es un templo de ciencia. Aquí nos reunimos mis amigos y yo para discutir sobre las grandes ideas que han movido a la humanidad. Ahora, ven. Voy a presentarte a los miembros del Foro Científico Gallego.

—Pues qué bien.

Tras el mostrador, limpiando eternamente un vaso con un paño blanco, había un tipo serio, alto, muy alto, con el pelo ensortijado y que usaba gafas oscuras incluso para bajar a la bodega.

—Virgilio, te presento al amigo Pardiñas, el dueño de este establecimiento sin par. Pardiñas: este es Virgilio, mi nuevo nieto.

—Hola, rapaz –dijo Pardiñas, inmutable, siempre abrillantando el vaso.

—Mucho gusto, señor Pardiñas.

—Pardiñas, a secas.

En un rincón, sentados en torno a una de las mesas y ante sendas tazas de ribeiro, había otros dos sujetos de avanzada edad. Virgilio y su abuelo se acercaron también hasta ellos.

—El compadre Sousa, experto cerrajero. El camarada Teixeira, cuchillero y afilador insuperable. Mi nieto Virgilio.

—Hola.

—Hola.

—¿Cómo están ustedes?

—Según se mire.

—Siempre se puede estar peor.

—Y mejor, no te fastidia...

De inmediato, Virgilio se percató de que aquellos hombres y su propio abuelo hablaban siempre entre sí de un modo raro y misterioso.

—¿Tu nieto dices, Carballo? –preguntó Sousa.

—¿Por qué no había de serlo? –respondió el zapatero.

—Como ayer no tenías nietos...

—Ayer era ayer, Sousa. Hoy es hoy. Y mañana será otro día.

—Eso, ya lo veremos. Por ahora no es más que una predicción.

—De eso, nada. Se trata de una deducción basada en la experiencia.

—La experiencia es la historia de nuestros errores, Carballo. La constatación empírica: eso es lo único que vale.

—Valdría, si pudiésemos saber con certeza qué es la realidad.

—Tal vez tengas razón. O tal vez no. ¿Un ribeiro?

—Tal vez. ¿Por qué no?

—¿Y el rapaz? ¿Qué toma?

Pardiñas se había acercado, siempre abrillantando su vaso, y miraba a Virgilio, que se encogió de hombros.

—No sé... Un *Orange Crush*.

Los cuatro hombres se miraron entre sí, fruncido el entrecejo.

—En los bares de Torremolinos es el refresco de moda –aclaró Virgilio.

—¿Qué tal una gaseosa? –dijo el dueño del bar Celta.

—Eeeh... bien.

EL COLEGIO

Ese mismo día, sus nuevos padres matricularon a Virgilio en el colegio nacional Enrique Jardiel Poncela.

Como había ciertas dudas sobre su edad, el director decidió hacerle una prueba para establecer cuál era su nivel de conocimientos. Y el resultado lo dejó de una pieza.

Sin duda, Virgilio poseía una mente brillante. En aritmética o geometría resultaba imbatible. Pero, por el contrario, fallaba estrepitosamente en otras materias. Por ejemplo: no tenía la menor idea de geografía o historia de España. Su nivel en física y química correspondía al de los últimos cursos del bachillerato, pero, por el contrario, tenía muy mala letra y hacía muchísimas faltas de ortografía.

Finalmente, bastante confuso el hombre, decidió que se incorporase provisionalmente a la clase de tercero elemental, a ver qué pasaba.

Al principio, claro, todos sus compañeros lo miraban como a un bicho raro. Pero al cabo de unas pocas semanas ya nadie reparaba en sus ojos clarísimos, su pelo blanco o su piel como de papel vegetal. Empezaba a ser uno más.

Y así, la vida de Virgilio entró a partir de entonces en una etapa nueva y desconocida para él: la de niño normal.

Después de siete años y pico ejerciendo como niño precoz, huérfano superdotado, aspirante a héroe nacional, astronauta pionero, motivo de conflicto entre superpotencias, refugiado de lujo, hospiciano en vías de desarrollo y calefactor ocasional, por fin parecía haberle llegado el turno de disfrutar de una infancia corriente.

Como cualquier chico de su edad, ahora tenía un padre, una madre, un abuelo zapatero y hasta un foro científico. E iba a un colegio normal, donde estaba rodeado de compañeros normales y corrientes que le robaban la merienda y le pegaban por ser más bajito y más débil que ellos.

Y le encantaba.

Día a día, pequeños detalles le indicaban que su vida progresaba hacia la normalidad.

CINCO-CERO

—¡Abuelo! Hoy he jugado al fútbol con el equipo de la clase. Los de ingreso de bachiller nos han metido cinco a cero. ¡Ha sido fantástico!

—Pues ya verás el día que ganes. ¿De qué has jugado?

—De medio volante. José Antonio, el capitán,

dice que de medio volante puede jugar hasta el más torpe.

—Qué simpático, el tal José Antonio –rezongó Carballo.

LOS PLANETAS

En ocasiones, la normalidad corría peligro de hacerse añicos. Pero Virgilio intentaba por todos los medios que no fuera así.

—¿Quién se sabe cuántos planetas tiene nuestro sistema solar? –preguntó una mañana don Jaime.

—¡Yo! ¡Yo, yo!

—A ver, Virgilio...

—Nueve: Mercuriovenustierramartejupitersaturnouranoneptunoyplutón.

—Muy bien, Virgilio. Pero no hace falta que corras tanto. A ver, Campillo. ¿Cuál es el más bonito de los planetas?

—Saturno, por sus espectaculares anillooos –canturreó Campillo.

—Muy bien.

Pero Virgilio ya había levantado la mano.

—No estoy conforme. Yo creo que el más bonito es la Tierra.

—Bueno... puede ser –admitió el profesor, con una sonrisa–. Pero la Tierra no podemos verla desde fuera, como los demás planetas, así que resulta difícil comparar.

Virgilio estuvo a punto de decir que él la había visto desde fuera y que era una preciosidad incomparable. Pero, en el último instante, decidió encogerse de hombros.

—No, claro...

VOCACIÓN

Una de las mejores cosas de su nueva vida eran las conversaciones con Manuela justo antes de dormir. Hablaban de cosas muy sencillas pero, claro, para Virgilio constituían toda una novedad.

—¿Y qué te gustaría ser de mayor, Virgilio?
—¡Astronauta!

Manuela se echó a reír.

—¿No preferirías ser futbolista, como todos tus compañeros?

—No, no, mami. Yo quiero ser astronauta. Y eso que, ahora, los astronautas no hacen más que dar vueltas y más vueltas a la Tierra y es un poco "rollo", como dicen los chicos de mi clase. Pero los americanos van a ir a la Luna antes de seis años. Lo dijo el presidente Kennedy antes de que lo mataran. Y luego, irán a Marte. Y a otros planetas. Y a las estrellas. Ese día sí me gustaría estar allí.

—¿Cómo sabes tanto de esas cosas?

—Porque... lo leí en un libro.

—Para ser astronauta creo que hay que estudiar muchísimo.

—¡Bah...! No creas. A veces, es más una cuestión de suerte. De todos modos, me gusta estudiar. Se me da bien.

—Eso dicen tus profesores. Pero para sacar buenas notas en el colegio es importante dormir las horas necesarias. De modo que... hasta mañana, Virgilio.

—Hasta mañana, mami.

ARQUÍMEDES

De vez en cuando, Virgilio acudía con su abuelo, en calidad de oyente, a las reuniones del Foro Científico Gallego, en el bar Celta. Sin embargo, pronto se convenció de que el nivel dejaba bastante que desear y que quizá fuera preferible destinar el tiempo a perfeccionar su juego con las canicas.

—Tema de hoy: el principio de Arquímedes. Opiniones.

—¡Estoy en contra! Puedo demostrar empíricamente que el cuadrado de la hipotenusa no es igual a la suma del cuadrado de los catetos. Le falta un *poquitiño* así.

—Pasmoso, Teixeira. Pero eso es lo de Pitágoras, no lo de Arquímedes.

—¡Anda!

—Arquímedes es el de la bañera.

—¡Qué hombre tan admirable! Se da un chapuzón y descubre que todo cuerpo sumergido en un líquido experimenta un empuje hacia arriba igual al peso del líquido desalojado. ¡Nada menos!

—Propongo solicitar al ayuntamiento que le dedique una calle.

—¡Me opongo! Un tipo que salió a la calle en pelota picada gritando "eureka" no me parece presentable. Yo, antes que a Arquímedes, propondría a Thales de Mileto.

—¿Y ese quién es?

—El del teorema, Pardiñas. El del teorema.

—¡Estoy en franco desacuerdo, amigo Sousa! El teorema de Thales será muy bonito pero hay que reconocer que no sirve para nada. En cambio, lo de Arquímedes es la pera. Sin ir más lejos, los barcos flotan gracias al principio de Arquímedes.

—Cierto.

—O sea, ¿que si no llega a ser por Arquímedes, los barcos se hundirían?

—Pues claro.

—¡Qué tío!

NAVIDAD

Llegaron las navidades. Las de 1964. Las primeras navidades en familia para Virgilio. Fueron estupendas. Montó el belén, cantó villancicos y el abuelo Carballo echó mano de su caja de hojalata para que pudiesen cenar pavo y turrón en Nochebuena.

El día de Año Nuevo cayó una gran nevada y todos los alumnos del Jardiel Poncela acudieron al patio del colegio para tirarse bolas de nieve.

Y el día de Reyes, el abuelo volvió a abrir su caja de hojalata para convencer a sus majestades de que le trajesen a su nieto una bicicleta.

IDIOMA MODERNO

Con el comienzo del año 1965, el ayuntamiento decidió contratar un profesor nativo para impartir en los colegios públicos de la ciudad clases de "idioma moderno".

—¿Qué será eso del "idioma moderno"? –se preguntaban Virgilio y sus compañeros.

Alguien aventuró que debía de tratarse del esperanto, una lengua nueva y muy fácil de aprender, con la que, un día, todas las personas del mundo podrían entenderse entre sí.

Cuando, tras la pausa de las vacaciones de Navidad, apareció en el colegio un señor llamado Bertrand, con su pelo cortado a cepillo, todos descubrieron que el misterioso "idioma moderno" no era otro que el francés. Que, por cierto, no tiene nada de moderno.

A la cuarta hora, el nuevo profesor entró en tercero elemental y dijo:

—*Bonjour. Je m'apelle Bertrand. J'ai trente-trois ans et demi et je suis votre professeur de français*[8].

Al escucharle, Virgilio sintió un intenso escalofrío al tiempo que un montón de recuerdos inundaban su memoria y encharcaban de lágrimas sus ojos claros.

À LA NUIT

Ya se sabe cómo son las madres, que todo lo notan.

Esa noche, en cuanto Virgilio se acostó, Manuela entró en su cuarto y se sentó en el costado de la cama.

—Hola, Virgilio.

—Hola, mami.

—¿Te encuentras bien?

—Sí.

---

[8] Buenos días. Me llamo Bertrand. Tengo treinta y tres años y medio y soy vuestro profesor de francés.

—Has estado muy raro todo el día. Más raro de lo normal, quiero decir. ¿Seguro que no te ocurre nada?

—No, mami.

—¿Que no te ocurre nada o que no estás seguro?

Virgilio sonrió. Manuela le acarició el cabello.

—¿Tiene que ver con tu vida anterior?

«Vaya ojo», pensó Virgilio.

—Sí –admitió, tras un silencio y un suspiro.

—¿Quieres contármelo?

Virgilio miraba al techo. De pronto, miró a su madre.

—¿Cuántos años tenías cuando conociste a papá?

—Veintidós. ¿Por qué?

—Es que... hay una chica ¿sabes? Y a lo mejor es un poco pronto...

—Bueno... Según se mire. Es pronto para enamorarte, pero no para que te fijes en las chicas. Y... ¿quién es la afortunada? ¿La conozco?

—No, mami. En realidad, no la conozco ni yo.

Manuela alzó las cejas.

—Ya me parecía a mí que no podía ser tan fácil.

—Quiero decir, que no la he visto nunca. Solo he oído su voz, en un programa de radio. Es francesa y se llama Odile. Tiene siete años y medio. Bueno... Ahora ya tendrá ocho, como yo, supongo. Casi la había olvidado pero... hoy he vuelto a acordarme de ella.

—Entiendo. ¿Y no sabes dónde vive o su número de teléfono? Tal vez podríamos poner una conferencia a Francia.

—No. No sé nada de ella. Además, me moriría de vergüenza, seguro.

Manuela Carballo arropó a su hijo con mimo.

—Eres un chico listo, Virgilio. Si piensas en ello, seguro que encontrarás la manera de dar con Odile. Cuando tengas la solución, dímelo. Te ayudaré en todo lo que pueda.

LA RADIO GRANDE

—Abuelo...

—Dime, Virgilio.

—¿Puedo coger esa radio grande que tienes en un rincón del taller?

—Cogerla, la puedes coger. Lo que pasa es que no funciona. Lleva ocho o diez años estropeada.

—¡Gracias, abuelo! Intentaré arreglarla esta tarde, después de hacer los deberes.

—¿También arreglas radios?

Le llevó varios días, pero lo consiguió. No solo eso. Destripando con cuidado varios lapiceros

para sacarles la mina, logró fabricarle una nueva antena de grafito, eficacísima para captar la onda larga.

Cuando el viejo aparato volvió a chisporrotear, Virgilio se frotó las manos y comenzó la búsqueda de Odile.

Recordaba perfectamente la frecuencia en que se emitía *Le petit bateau*, aquel programa cultural en el que escuchó, desde la cápsula Géminis, la inolvidable voz de aquella niña francesa. Sin embargo, le resultó difícil sintonizar France Inter. Indudablemente, no es lo mismo estar en el espacio exterior, que allí, en un país separado de Francia por los imponentes montes Pirineos. Y no es lo mismo utilizar el más novedoso modelo de radio, equipado con transistores de silicio, que usar aquel viejo armatoste de válvulas de vacío.

Comprobó que, durante el día, le resultaba imposible separar la emisión de France Inter del ruido producido por la *fritura* estática. Así que decidió esperar a la noche, cuando las ondas de radio viajan por el éter sin apenas obstáculos. Consiguió mantenerse despierto hasta las once y entonces comenzó a buscar, actuando sobre el dial y, al tiempo, cambiando con paciencia la orientación de la antena de mina de lápiz.

Y así hasta que, por fin, captó nítidamente la voz profunda de un locutor que hablaba en francés.

—Tiene que ser esta –se dijo Virgilio.

Siguió probando hasta lograr la recepción óptima y tomó entonces buena nota de la situación del dial y de la posición de la antena.

Luego, se metió en la cama y se durmió de inmediato.

Al día siguiente, al volver del colegio, merendó e hizo los deberes a toda prisa para poder dedicarse a escuchar la radio.

A las siete y media, comenzó *Le petit bateau*.

Y Virgilio se sintió, de golpe, transportado a su apasionante vida anterior.

Mientras mantenía como un telón de fondo las conversaciones entre los niños que llamaban al programa y los sabios que respondían a sus dudas, Virgilio se preguntó qué sería del agente especial Walthon, que nunca llegó a revelarle su secreto nombre secreto. Y de Wallace Winword, el siempre eficaz director de la misión espacial.

—*Bonjour, je m'apelle Maurice et j'ai dix ans et demi...*

Recordó a don Avelino Molinero, con quien jugaba aquellas interminables partidas a los barcos. Pensó que quizá le fuera posible viajar algún día hasta Robledo de Chavela y conocerle en persona. Le encantaría. Y recordó también a

Wilkins, el tipo que en las noches de Houston se ocupaba de todo sin tener ni idea de nada...

—*Bonjour, je m'apelle Sophie et j'ai six ans et demi...*

...Y a don Gregorio Timochenko, que era un calavera y murió haciendo el calavera, pero que cuidó bien de él y le enseñó tantas y tantas cosas en tan poco tiempo.

—*Bonjour, je m'apelle Claudette et j'ai sept ans et demi...*

Y, naturalmente, pensó en el doctor Ulysses Watson, quizá la única persona que le había tratado con cariño y por la que él había llegado a sentir verdadero afecto durante los ocho primeros años de su vida.

—*Bonjour, je m'apelle Lionel et j'ai onze ans et demi...*

Ahora era todo distinto. Vivía en otro país, tenía una familia, hablaba otro idioma...

A veces, le parecía mentira.

Seis meses antes, estaba dando vueltas a la Tierra, embutido en su traje de astronauta color violeta y a punto de convertirse en el héroe de América. Y ahora...

—*Bonjour, je m'apelle Odile et j'ai huit ans....*

Virgilio sintió una especie de calambrazo.

Apartó de sí, de golpe, todos sus recuerdos. Se puso en pie de un salto, mirando con ojos desorbitados la vieja radio de válvulas del abuelo Carballo.

—¡Es ella! –exclamó, alzando los brazos, jubiloso–. ¡Es ella!

LA FELICIDAD

Las siguientes semanas fueron para Virgilio de completa felicidad. La vida seguía su marcha normal. El colegio, la familia, las reuniones del abuelo Carballo y sus amigos del Foro Científico... Pero ahora había una diferencia. Cada tarde, a las siete y media, comenzaba una nueva emisión de *Le petit bateau*. Odile era una de las más asiduas participantes. No había semana en que no llamase una o incluso dos veces al programa.

Al principio, Virgilio no tenía más interés que escuchar a Odile y apenas prestaba atención a las preguntas que formulaban los otros chicos y chicas. Sin embargo, conforme pasaban los días, Virgilio comenzó a disfrutar más y más del curioso espacio radiofónico.

Al cabo de muy poco tiempo, casi sin darse cuenta, se encontró siguiendo con entusiasmo las preguntas de los jóvenes oyentes de *Le petit bateau*. Aunque no fueran Odile.

—*Bonjour. Je m'apelle Pierre. J'ai six ans et je voudrais savoir pourquoi on a des cauchemars.*

Virgilio hojeaba rápidamente el diccionario francés-español que había encontrado en el cuarto de su madre.

—Cauchemar... cauchemar.... Aquí: "pesadilla". ¡Ah! ¿Por qué tenemos pesadillas? ¡Qué pregunta tan interesante!

—*Comment-on se produit la toux?*[9]
—*Comment l'esfinge de Gizeh a perdu son nez?*[10]
—*Pourqoui a l'été il y a beaucoup des mouches?*[11]

A Virgilio le asombraba la claridad y sencillez con que los sabios del programa daban cumplida respuesta a todas las preguntas. ¡Con lo difícil que solía ser entender a los adultos!

También le gustaban las preguntas.

Las había complicadas, sí. Pero la mayoría eran cuestiones muy simples, que rozaban la ingenuidad cuando las formulaban niños muy pequeños, de cinco, incluso de cuatro años. Y medio.

Pese a conocer la mayoría de las respuestas, a Virgilio le parecía formidable aquella complicidad entre niños y sabios. Quizá porque le re-

---

[9] ¿Cómo se produce la tos?
[10] ¿Cómo perdió su nariz la esfinge de Gizeh?
[11] ¿Por qué hay tantas moscas en verano?

cordaba la que llegó a existir entre él y el doctor Watson.

—¿Por qué en los huevos que comemos no salen pollitos?

—¿Cómo se les da el color a las minas de los lápices de colores?

—¿Cómo se hace el chicle?

—¿Por qué tenemos hipo?

...

Y, de vez en cuando, en el momento más inesperado...

—*Bonjour. Je m'apelle Odile...*

Aquellas cuatro palabras aceleraban el corazón de Virgilio hasta extremos difíciles de explicar.

Siempre le parecía que Odile hacía las preguntas más interesantes y deliciosas.

—¿Por qué las hembras de los cucos ponen los huevos en los nidos de otros pájaros?

—¿Por qué estamos más tristes los días de lluvia?

—¿Por qué, para dormir, contamos ovejas y no otra cosa?

...

Virgilio estaba convencido de que, si Odile y él llegaban algún día a conocerse, tendrían tantas cosas en común que ya no querrían separarse jamás.

Pero, claro, también sabía que las posibilidades de que llegasen a encontrarse algún día en persona eran pequeñísimas.

UNA MERIENDA CON DE GAULLE

10 de marzo de 1965

—Don Bertrand. ¡Don Bertrand! ¡Mesié!

El profesor de francés asomó la cabeza por la puerta de la sala de profesores, alertado por los gritos de Virgilio.

—*Oui?*

—¿Puedo hablar con usted? Es muy importante. *Tres important!*

El estado de excitación en que se encontraba el muchacho, convenció de inmediato al profesor.

—*Oui, oui*, Virgilió. Vamos al despachó del jefe de estudiós.

Don Bertrand se sentó tras uno de los lados de la mesa e invitó a Virgilio a hacer lo propio. Sin embargo, al chico parecía que le habían dado cuerda. No paraba quieto ni un instante.

—¿Conoce usted un programa de radio francés que se llama *Le petit bateau*? –preguntó Virgilio a bocajarro.

—Pues... sí. Recuerdó que lo escuchaba de niño, de vez en cuandó. Muy *interesant, oui*. Pero no sé si aún se emite...

—¡Claro que se emite! Yo lo oigo todos los días desde hace mes y medio.

—*Oh la lá!* ¿Es posible oír France Inter desde España?

—*Oui*, mesié. Es difícil, pero posible. Ahora, atienda, don Bertrand: en el programa de ayer, el presentador anunció que todos los niños y niñas cuyas preguntas hayan sido seleccionadas a lo largo de este curso, están invitados el próximo catorce de julio a una gran merienda en los jardines del Palacio del Elíseo, en París.

—*Oh la lá! Impresionant.* ¿Y qué?

Virgilio se subió a la mesa y, de rodillas sobre ella, sujetó por los hombros al profesor y le habló a tres dedos de la nariz.

—Tengo que conseguir que me inviten a esa merienda, mesié Bertrand. ¡Como sea! ¡Está en juego mi felicidad!

El profesor sonrió falsa y azoradamente.

—*Oh la lá!* Pero sigó sin comprender...

Virgilio regresó al suelo y continuó expresándose en medio de grandes aspavientos.

—Se habrá usted dado cuenta de que entiendo el francés bastante bien.

—*Oui*. Eres, con diferencia, mi mejor alumno.

—Pero hablarlo con corrección... eso es mucho más difícil.

—*Oui*. Estoy *completman d'accord*.

—Pues bien: he preparado una lista de preguntas y estoy seguro de que si llamo a *Le petit bateau* me elegirán para asistir a esa merienda. Solo necesito que usted... sea mi intérprete.

—¿Cuá?

—¿Cómo que cuá? Está bien claro, hombre: llamamos por teléfono a *Le petit bateau* y usted va traduciendo al francés las preguntas que yo le vaya dictando.

—Eh, eh, *un momant, un momant*... Se trata de un programa infantil. Resultaría ridículo que yo, a mis años...

Virgilio alzó la mano.

—Déjeme terminar. Cada uno de los niños invitados a la merienda de París... puede acudir acompañado por un adulto. ¿Me comprende?

Bertrand frunció el ceño.

—¿Me estás proponiendo...?

—Le estoy invitando a merendar chocolate con cruasanes... ¡con el presidente de la República Francesa!

Bertrand se puso en pie de un salto, llevándose al pecho la mano diestra.

—*Avec le general De Gaulle! Le plus grand general de l'histoire de la France! Quel honeur! Incroyable!*

—¿*D'accord* entonces, don Bertrand?

—*Oui, Virgilio! Oui!*

Y, tras estrecharse la mano para sellar su pacto, profesor y alumno salieron al pasillo la mar de contentos, tarareando a dúo *La Marsellesa*.

Alonsanfán de la patrí-i-é
Le yur de gluar sooon tarriveeé...

CTNE

15 de marzo de 1965

Cinco días más tarde, Virgilio tenía ya preparado el asalto definitivo a *Le petit bateau.*

Dadas las dificultades para establecer desde España conferencias telefónicas internacionales, el abuelo Carballo acudió a media mañana al edificio de la Compañía Telefónica Nacional de España para solicitarla de antemano.

Y a las siete y veinticinco en punto de esa misma tarde, Virgilio, su abuelo y el profesor Bertrand hacían su entrada.

El locutorio que les asignaron era relativamente amplio, de modo que pudieron sentarse los tres en los banquitos de madera situados a ambos lados del aparato.

Y, cosa rara, no tuvieron que esperar mucho. Al cabo de un par de minutos, sonó el teléfono.

Bertrand descolgó.

—¿Sí?

—Su conferencia con Francia... ¡Hablen!

—¡Aló...! ¡Aló...! ¿Aló, aló? ¡¡Aló!! ¡¡¡Alóoo!!! Oiga, señorita, que esto no va. Ni oigo, ni me oyen.

—Un momento, que cambio la clavija... A ver... ¡Hablen!

—¡Aló!... ¡Aló! *Le petit bateau? C'est le petit bateau...? Comment...?* Oiga, señorita, que me ha puesto usted con un señor que no es.

—¿Y el señor hablaba francés o español?

—Francés. Con acento bretón.

—¡Huuuy...! Eso es que ha habido un cruce. A ver, a ver... ¡Hablen!

—¡Aló!... ¡Aló, aló! *Le petit bateau...?* ¿Aló? *Le petit...? Oui?* –Bertrand se volvió hacia Virgilio–. ¡Vualá! ¡Estoy hablado con *Le petit bateau*, Virgilió!

—¡Bravo!

—¡Aló! *Bonjour!* Llamo desde España... Sí, sí, *l'Espagne*. Aquí todos los niños escuchan *Le petit bateau*... ¿Ah, no lo sabía? Enhorabuena por el programa... De nada. Mi nombre es Bertrand. Yo soy francés, pero llamo en nombre de un niño español que se llama Virgilio. Vir-gi-lio. Eso es. Quiere hacer varias preguntas... ¿Cómo? *Ah, bian, bian!... Tre bian!*

—¿Qué sucede? –preguntó Virgilio, nerviosísimo.

—Van a grabar las preguntas en cinta magnética. Si seleccionan alguna de ellas, pondrán la grabación pasado mañana.

—Entonces... ¿empiezo ya?

—Espera... *Oui, oui!* ¡Ahora!

Virgilio carraspeó y comenzó a leer las preguntas de su lista, que el profesor Bertrand iba traduciendo, con cierta dificultad.

¿Cómo se hace la leche condensada?
¿Qué hay en el centro de la Tierra?
¿Por qué las boinas tienen un rabito?
¿Qué es la antimateria?
¿Por qué suben los globos?
¿Por qué no se caen las nubes?
¿Qué es la frecuencia modulada?
¿Por qué amarillean las hojas de los árboles en otoño?
¿A qué distancia están las estrellas?
...

Cuando llevaba leídas diecisiete preguntas, Virgilio se detuvo, mordiéndose el labio inferior. De repente, tenía una mala sensación.

—¿Qué? ¿Ya está? –preguntó mesié Bernard.
—No. No, no, un momento...

Lo estaba haciendo mal. Rematadamente mal. Así no lo iban a seleccionar. Después de varias semanas escuchando a diario el programa, había elaborado una lista de preguntas "a la medida". Una especie de estadística de las mejores: los temas más repetidos, las curiosidades más frecuentes, el nivel de dificultad más habitual. Lo había combinado todo para obtener unas preguntas de primera y asegurarse así la invitación a la merendola de París.

Pero ahora, conforme leía las preguntas en voz alta, se daba cuenta de que había metido la pata. Aquello no podía funcionar. Unas eran excesivamente ingenuas. Otras, demasiado petulantes. Algunas eran prácticamente "calcadas" de las hechas por otros chicos días atrás. Y todas, toda la lista, sonaban falsas, huecas, con trampa. De hecho, él conocía todas las respuestas.

—Bueno... ¿qué? –preguntó el profesor Bertrand, tapando con la mano la bocina del auricular.

Virgilio estuvo a punto de pedirle que colgase. Sin embargo, en el último momento, decidió hacer lo que debería haber hecho desde el principio: preguntar algo que realmente le interesase.

Miró al profesor de francés.

—Pregúnteles por qué hay niños albinos.

—*Pourquoi y-a-t'il des enfants albinoses?* –tradujo don Bertrand–. ¿Algo más?

—Sí... Una más: ¿cuándo podrán los astronautas celebrar su cumpleaños en el espacio con velitas y una tarta de verdad?

Don Bertrand y el abuelo Carballo se miraron y alzaron ambos las cejas hasta el nacimiento del pelo.

Tras hacer esa última traducción, don Bertrand atendió las instrucciones que le llegaban de París y, acto seguido, tendió el auricular a Virgilio.

—Quieren que grabes tu presentación. Si, finalmente, seleccionan alguna de tus preguntas, harán un montaje con tu voz y la mía.

Virgilio cogió el teléfono.

—*Bonjour. Je m'apelle Virgilio et j'ai huit ans et demi.*

(PARÉNTESIS USA)

19 de abril de 1965

CUARTEL GENERAL DE LA CIA.
LANGLEY, VIRGINIA

—¿Se puede, agente Whalton?

—¡Hombre, doctor Watson! ¡Cuánto tiempo! Pase, pase.

—Me han dicho que me buscaba.

—Pues sí: ¿se ha enterado ya de lo de ese astronauta ruso que ha salido de la nave y se ha dado un paseíto por el espacio?

—Sí, sí: el teniente coronel Leonov.

—¿Y qué? ¿Cuándo vamos a hacer nosotros algo parecido? –preguntó Walthon con un claro retintín.

—Muy pronto –sonrió Watson–. Está previsto que el comandante White dé un paseo espacial a finales de mayo o principios de junio. En el vuelo de la Géminis IV.

—¡Hay que fastidiarse! –exclamó Whalton–. O sea, que por un par de meses, vamos a quedar otra vez de segundones.

—Les vamos recortando la ventaja, pero hay que reconocer que los soviéticos nos llevan aún la delantera.

—¡Ustedes, los de la NASA, me tienen frito! ¡Siempre perdiendo! No sé quién me mandaría a mí solicitar esta sección. ¡Tenía que haber pedido Vietnam!

—Pues no parece que en Vietnam nos esté yendo muy bien.

—¡Bah...! Ya verá cómo, al final, ganamos. Los Estados Unidos nunca han perdido una guerra. ¿No lo sabía? En cambio, en esto de los cohetitos y las capsulitas... no damos una a derechas.

Watson tuvo que apretar los puños para no agarrar a Walthon por el cuello.

—Si quiere presumir de éxitos espaciales, no tiene más que hacer pública la hazaña de Virgilio Valbuena.

—¿Otra vez con eso, Watson? Lo hemos discutido veinte veces. ¿Cómo vamos a presentar al mundo a un héroe americano que, además de que no es americano, está en manos de los rusos? ¡Y ni siquiera sabemos dónde!

El doctor Watson abrió calmosamente su portafolios y sacó un largo informe escrito a máquina.

—Eso ya no es cierto: sí sabemos dónde está Virgilio.

El hombre de la CIA parpadeó.

—¿Cómo dice?

—Ayer me enviaron este informe desde nuestra embajada en París, para que lo valorase. El agregado cultural escucha a diario un programa radiofónico infantil titulado *Le petit bateau*, o sea, *El barquito*.

—Será memo...

—Por lo visto, anteayer participó en él un chico de ocho años que llamaba desde una pequeña ciudad del interior de España. Su nombre era Virgilio. Las dos preguntas que hizo resultan muy significativas: una de ellas, sobre niños albinos; la otra, sobre los cumpleaños de los astronautas en órbita. Creemos que no hay duda. Se trata de él.

Whalton frunció el ceño fuertemente mientras se llevaba la mano derecha a la frente.

—Pero... ¿pero qué rollo me está usted metiendo, Watson? No he entendido ni palabra. ¿No podría resumir...?

Watson carraspeó largamente.

—Resumiendo: Virgilio Valbuena está en España, no en Siberia, como creíamos.

—¡Anda! ¿Está seguro?

—Al noventa y cinco por ciento.

—¡Pues vamos a por él! Y ahora que lo pienso: ese país... España. ¿No estará cerca de Santo Domingo, por un casual?

Watson suspiró profundamente.

—No, no. Está muy lejos. Al otro lado del Atlántico. En Europa.

—¡Lástima...! Es que ¿sabe? A finales de mes

vamos a invadir Santo Domingo. Podíamos haberles pedido a los marines que nos trajeran ellos al niño. Así nos ahorrábamos un montón de molestias. Pero, bueno... Ya iremos nosotros a buscarle. ¡Ah, doctor! Y de esto de la invasión, ni una palabra, que es *top secret*.

(PARÉNTESIS URSS)

20 de abril de 1965

CUARTEL GENERAL DEL KGB. MOSCÚ.
DESPACHO DEL CORONEL GOLIADKIN

—Coronel, los americanos han encontrado al niño cosmonauta.

Goliadkin alzó la vista y abrió el informe que le entregaba su ayudante, el teniente Tartakovski

—Ah, sí... Ya recuerdo. El del pelo blanco. Le perdimos la pista tras el accidente del insensato de Timochenko ¿verdad?

—En efecto, coronel. Por lo visto, el chaval sigue en España, aunque ya no está en Torremolinos.

—¿Cómo lo han sabido?

—El compañero de piso del agente Walthon trabaja para nosotros. Es una joya. No tiene ni que preguntarle. Walthon se va de la lengua a todas horas. Por cierto, nuestro agente también ha sabido que los americanos van a invadir Santo Domingo dentro de unos días.

—¡Ji, ji...! Pobres americanos. Están como locos desde lo de Cuba.

—¿Qué hacemos, coronel?

—Nada. Que lo invadan, que lo invadan...

—Digo, con el niño.

—Ah, pues... Podríamos ir a por él ¿no? Siempre he querido conocer España. Creo que hace muy buen tiempo.

—¡Ya lo creo! No se olvide el bañador, mi coronel. ¿Y la paella? ¿Ha probado la paella?

—No.

—¡Para chuparse los dedos!

LA ÚLTIMA CRISIS

23 de abril de 1965

Sobre un enorme plano de París, Virgilio y el abuelo Carballo trazaban itinerarios y señalaban puntos de interés.

—Esta calle grandísima son los Campos Elíseos, que no hay que confundir con el Palacio del Elíseo, que es donde os darán la merienda. Aquí está la Torre Eiffel. Esto es Montmartre, el barrio de los artistas. Y aquí está... Oye, Virgilio, si no te interesa, lo dejamos ¿eh? ¿Qué miras con tanto interés por la ventana?

—Abuelo... ¿conoces a esos señores?

El abuelo Carballo echó una mirada distraída hacia la calle. En la acera de enfrente, un hombre muy alto, vestido con traje gris, sombrero y gabardina, leía *El Mundo Deportivo*.

A unos quince pasos, acera adelante, otro sujeto de las mismas hechuras y con idéntico equipo leía el *Marca*. Al otro lado, más o menos a la misma distancia, un tercer sujeto, aparentemente mellizo de los otros dos, hojeaba el *As*.

—Parecen tres aficionados a los deportes... vestidos como agentes secretos de un gobierno extranjero –aventuró el abuelo.

—Sí. Eso mismo pienso yo.

Carballo se volvió hacia su nieto y lo interrogó con la mirada. Virgilio resopló como un bisonte.

—Es un poco largo de explicar, abuelo. Pero creo... que vienen a por mí.

El abuelo Carballo volvió a asomarse por la ventana. Los tres sujetos de antes se habían convertido en nueve. Todos iguales: altos, grises y misteriosos. Eso sí: cada uno con un periódico distinto en las manos.

—Vámonos de aquí, Virgilio.

—¿Adónde?

—¡A la bodega! ¡Como las balas!

Bajaron a la bodega de la casa. Oculta tras unos toneles de vino estaba la entrada a un oscuro y tenebroso pasadizo.

—¿Y esto, abuelo?

—Conecta directamente con el bar de Pardiñas. Lo preparamos cuando la guerra.

—¿Qué guerra?

—Una guerra muy gorda que hubo aquí, en España, hace casi treinta años.

—Ah, sí... Conocí a un señor que tuvo que marcharse a Rusia siendo niño para huir de esa guerra.

—Ya ves tú, con las guerras... Anda, sigue, sigue. Cuidado, no pises esa rata.

BERBERECHOS

—¡Que no hay paella, hombre, que aquí no hacemos paella! Esto es un bar gallego. Si quieren paella, dos calles más abajo está la Casa de Valencia. Aquí tenemos pulpo. Pulpo "a feira". Y caldo gallego. Y berberechos.

—¿Berrrberrrechos? ¿Qué es berrrberrrechos?

—Como las ostras, pero más pequeños y con más arena. Están muy ricos ¿eh?

—Pues pónganos una rrración de berrrberrrechos.

En el otro extremo de la barra del bar Celta, el guardia civil Francisco Jimeno, acompañado por el número Sebastián Gutiérrez, apuraba su copa de Fundador cuando, al escuchar el terrible acento eslavo de aquel hombre, se puso inmediatamente alerta.

—¿Qué oigo? Ese tío es ruso. Me apuesto el tricornio, Gutiérrez. Vamos a darles un repaso.

—¡Ea!

Los dos guardias se acercaron lentamente a los devoradores de berberechos.

—A ver, señores. ¡La documentación! –exclamó Jimeno.

El más alto de los dos tipos sacó del bolsillo de la americana dos pasaportes diplomáticos suecos.

Jimeno los ojeó concienzudamente.

—Conque suecos ¿eh? ¡Venga, hombre! ¡Tú tienes de sueco lo que yo de barítono! ¡Que a mí no me la das! ¡Que soy del foro, Telesforo! ¡No te digo lo que hay...!

Gutiérrez, muy sonriente, devolvió sus documentos a los dos extranjeros mientras tiraba del correaje de su compañero, obligándole a regresar junto a la copa de Fundador.

—Tranquilo, Jimeno, hombre. A ver si vas a organizar un conflicto diplomático.

—¡Ese tío se está haciendo el sueco, Gutiérrez! ¡Es más ruso que la ensaladilla rusa! ¡Garantizado! ¡Que yo, a los rusos los huelo! ¡Que fueron veintidós años en la Seo de Urgel, viendo entrar y salir de Andorra gente de todo el orbe y parte de Europa! ¡Y, encima, por culpa de un ruso me han destinado a este maldito pueblo! ¡Con lo bien que estaba yo en la Ciudad Condal!

—¿Qué pasó?

—¿Que qué paso? Estaba de control de visados en el aeropuerto de El Prat y dejé pasar a un ruso que dijo que iba a una reunión de oculistas para tres días... ¡y cuatro meses después, el tío se estampa contra un barco haciendo esquí acuático en Torremolinos! Claro, se descubrió el pastel y el jefe de la comandancia, después de un chorreo impresionante, me destinó aquí a hacer de picoleto de a pie. ¡A mí! ¡A un veterano del cuerpo de carabineros!

—Lo que no comprendo es cómo aquel ruso pudo engañar a alguien de tu experiencia.

—Es que llevaba a un niño.

—¿Un niño?

—Sí, un niño muy raro. Un niño rubio, paliducho, con gafas y una cabeza así de grande.

—¿Como ese de ahí?

—Sí, como ese –dijo el guardia Jimeno, sorprendido–. Justo, justo como ese. ¡Conchos...! ¡Exactamente igual que ese!

Virgilio y su abuelo acababan de entrar en el local procedentes de la bodega y se dirigieron a Pardiñas, que estaba terminando de prepararles a los rusos una ración de pulpo "a feira" y unos mejillones de roca a la marinera.

—Pardiñas, pon en alerta máxima a Sousa y a Teixeira. Y a mí ponme un café con leche.

—Bien. ¿Y al chico?

—Un batido de chocolate –dijo Virgilio.

Pardiñas preparó las consumiciones y, acto seguido, hizo dos llamadas telefónicas.

Mientras, el guardia Jimeno se rascaba concienzudamente el mentón.

—No puede ser casualidad, Gutiérrez. El niño pálido y cabezón y esos dos rusos camuflados, juntos en el mismo bar. Esto es una conspiración ruso-masónica. Amartilla el arma reglamentaria, por si las moscas.

—¿Qué dices? No me asustes, que yo no he

pegado un tiro en mi vida. Y los comunistas, se dice que tienen una puntería infalible.

—¡Bah...! Leyendas del Cáucaso. El de la puntería infalible era Buffalo Bill.

El teniente ayudante Tartakovski contestaba en ese instante una llamada hecha a su sofisticado *walkie-talkie*.

—Coronel, vaya terminándose el pulpo. Nuestros hombres han seguido a los agentes americanos hasta una casa, a tres manzanas de aquí. Piensan que se trata del domicilio del niño cosmonauta.

—Bien. ¡Cómo está esto! ¡Qué rico! Si la paella es igual de buena, igual deserto.

Confiados en que ninguno de los presentes comprendería el ruso, Goliadkin y su ayudante se habían expresado en voz alta. Y cuando Virgilio tradujo sus palabras, el susto le hizo volcar el vaso de batido.

Eso precipitó los acontecimientos.

Los rusos, que hasta entonces no habían reparado en él, se volvieron a mirarle.

—¡Por Lenin! –exclamó Goliadkin–. ¡Es él!

Los dos agentes del KGB avanzaron hacia Virgilio, que se protegió tras el abuelo Carballo.

—Disculpe –dijo Goliadkin–. Querrremos prrreguntarrrle algo al niño.

—De eso, nada. El niño es mi nieto y no habla con extraños. Sobre todo, si los extraños son tan extraños como ustedes.

—Apárrrtese, anciano.

—¡Alto a la Guardia Civil, condenados bolcheviques! –bramó el guardia Jimeno, echándose el fusil a la cara.

Goliadkin y Tartakovski vieron, de reojo, cómo los guardias civiles les apuntaban con sus fusiles. Al instante, alzaron las manos con evidente fastidio.

Jimeno sonreía. Lo hizo hasta que escuchó una voz detrás de sí.

—¡No se mueva! ¡Tire el arma o divido en dos a su compañero!

El antiguo carabinero volvió la vista. Dos ancianos flanqueaban a Gutiérrez. Uno de ellos le había arrebatado el fusil. El otro sostenía en alto, con ambas manos, una impresionante réplica de la Tizona del Cid, que servía como reclamo en el escaparate de su cuchillería.

—Pero... esto es enfrentamiento a la autoridad. Les van a caer quince años y un día.

—¡A callar! –ordenó Sousa–. ¡Venga! ¡Todos al retrete!

El retrete del bar Celta era pequeñísimo y olía a zotal que tiraba de espaldas. A pesar de sus reducidas dimensiones, Sousa y Teixeira lograron encerrar en él a los dos agentes rusos y a la pareja de la Guardia Civil. Apretadísimos, eso sí.

Luego, cerraron la puerta y Sousa atascó la cerradura.

—¡Vámonos! –ordenó el viejo cerrajero–. No creo que tarden mucho en romper la puerta. Tengo la Isocarro ahí fuera. ¿Tú vienes, Pardiñas?

—Ya me gustaría, ya. Pero tengo que atender el bar y limpiar unos vasos. Suerte.

Salieron los cuatro del bar Celta y se zambulleron en el vehículo. Sousa y Teixeira ocuparon la diminuta cabina; y Virgilio y su abuelo se subieron a la caja, afortunadamente cubierta por un toldo de color verde rotulado con publicidad de "Cerrajería Sousa", que los protegería de las miradas.

—¿Adónde vamos, Carballo?

—A la estación de Renfe. El chico y yo intentaremos coger algún tren y poner tierra por medio.

—Para ir a la estación tenemos que pasar por delante de nuestra casa, abuelo –advirtió Virgilio.

—No importa. Dar un rodeo nos llevaría mucho tiempo y podría ser más peligroso.

—¡A la estación entonces! –gritó Teixeira–. ¡Por lo tieso!

Cuando el motocarro llegaba a las inmediaciones del domicilio de los Colás, Sousa y Teixeira no pudieron reprimir un escalofrío.

—Pero... ¿quiénes son todos esos tipos?

Las dos aceras se hallaban atestadas de sujetos vestidos con traje oscuro y gabardina, que paseaban de aquí para allá observándose los unos a los otros y disimulando con un periódico entre las manos. La mitad de ellos, además, llevaban sombrero.

—Por lo menos hay dos docenas.

En ese mismo instante, el coronel Goliadkin lograba hacer saltar de sus goznes la puerta del servicio del bar Celta. Junto a Tartakovski, Gutiérrez y Jimeno, salió del encierro entre toses y mareos.

Mientras el teniente ruso echaba mano de su *walkie-talkie*, los dos guardias civiles corrieron hacia la barra, donde Pardiñas abrillantaba calmosamente un vaso con un paño blanco.

—¡Camarero! ¡Nuestras armas! ¿Dónde están nuestras armas?

—¿Y a mí qué me cuenta? Si quiere, le puedo prestar un paraguas.

—¡Jimeno! ¡Que se escapan los suecos! –exclamó el número Gutiérrez.

—¡Échales el alto, hombre, échales el alto!

¿O es que lo tengo que hacer todo yo? ¡Y son rusos, no suecos!

—¡Alto a la Guardia Civil! ¡Alto a la Guardia Civiiiiil! ¡Que no se paran, Jimeno! ¡Huy! ¡Y el más alto me ha hecho una pedorreta!

—¡Esto es el colmo! ¡Hay que avisar al cuartelillo! ¡Necesitamos refuerzos! ¡A ver, camarero! ¿Dónde hay un teléfono?

—Al fondo de la barra.

Jimeno echó a correr hacia el aparato. A mitad de camino lo detuvo la voz de Pardiñas.

—Funciona con fichas.

Jimeno se detuvo y volvió sobre sus pasos. Rechinando los dientes, extendió una mano bajo la nariz del camarero.

—Deme una ficha.

—Tres pesetas.

—¡Estoy en misión oficiaaal! –bramó Jimeno.

—Tres pesetas, o no hay ficha.

—¡Maldita seaaa! ¡Gutiérreeez! ¿Tienes tres pesetas?

La Isocarro de Cerrajería Sousa avanzaba despacito entre las miradas furtivas de los agentes secretos.

De pronto, sonó la chicharra de un *walkie-talkie*. El agente que atendió la llamada alzó las cejas, señaló el motocarro y comenzó a dar gritos en ruso que alertaron a los hombres de gris que no usaban sombrero.

—¡Nos han descubierto! ¡Acelera, Teixeira!

El cuchillero dio gas a fondo.

Otro de los agentes había arrojado al suelo su periódico y lanzaba instrucciones en inglés, que eran atendidas por la otra mitad de los hombres de gris: los que sí llevaban sombrero.

—¡Es el agente especial Walthon! –exclamó Virgilio, mirando a través de un roto en el toldo de la Isocarro.

Quince segundos más tarde, procedentes de una calle lateral, se detuvieron ante la casa de Emilio y Manuela tres automóviles Seat 1500 de color negro, a los que subieron la totalidad de los agentes del KGB.

Apenas habían arrancado, hicieron su aparición otros tres Seat 1500, estos de color gris, que fueron ocupados por los agentes de la CIA.

—¡Nos persiguen! ¡Písale a fondo a este trasto, Teixeira!

—¡Nos van a alcanzar!

—Tranquilos, que ya llegamos a la estación.

—¿Y qué?

—Tengo un plan.

Con los seis 1500 a punto de darle alcance, el motocarro llegó ante el edificio de la estación. Viendo abierta la puerta del vestíbulo principal, Teixeira no se lo pensó dos veces.

—¡Vamos adentrooo!

—¿Qué haces? –exclamó Sousa–. ¡Mi motocarro! ¡Que no cabemos!

—Sí que cabemos.

—¡Que no!

—Que sí.

—¡Uuuaaah...! ¡Anda! Pues sí que cabíamos. Eso sí: lástima de retrovisores.

—Lástima, sí.

La Isocarro irrumpió en el vestíbulo de la estación desarrollando su máxima velocidad, que no era mucha, y su máximo pedorreo, que sí era mucho; afortunadamente, apenas había público en el edificio a aquellas horas.

Sobre el suelo de mármol pulido, la conducción de la Isocarro resultaba dificilísima, y Teixeira a punto estuvo de empotrarse en los mostradores de la consigna. Con una acertada maniobra y derrapando como un coche de *rally*, logró evitar el desastre por centímetros y, acto seguido, con no menos pericia, consiguió enfilar la puerta de salida a los andenes.

Los seis Seat 1500 se detuvieron ante la fachada principal de la estación con aparatoso chillido de frenos.

De inmediato, sus veinticuatro ocupantes echaron pie a tierra, entraron en el edificio y cruzaron el vestíbulo a la carrera.

El andén terminaba en una rampa que descendía hasta el nivel de las vías. A partir de ese punto, la cosa cambiaba por completo.

—No podemos seguir. Necesitaríamos un Land-Rover –advirtió Teixeira.

—¡A la vía! –gritó el abuelo Carballo–. Sube a la vía y sigue por ella.

Efectivamente, era el modo de seguir huyendo. Pero al avanzar sobre las traviesas, la durísima suspensión de ballestas convertía a la Isocarro en una coctelera con ruedas.

—¡Ay! ¡Huy! ¡Huoy! ¡Ojo, Teixeira! ¡Ay! ¡Ay! Que voy a perder la dentadura postiza! ¡Huoy! ¡Ay!

Pese al terrorífico traqueteo, la idea había sido buena y los perseguidores estaban quedando atrás.

—¡Ay! ¡Huy! ¡Ja, ja! –rió Carballo–. ¡Ahí os quedáis, panolis! ¡Huay! ¡Houy!

Sin embargo, Walthon no estaba dispuesto a rendirse. Volvió al aparcamiento, se puso al volante de uno de los coches, lo condujo hasta el tinglado de mercancías y, desde allí, rompiendo con el coche una cerca de madera, logró acceder a las vías y seguir los pasos de la Isocarro.

Carballo pronto se apercibió de la maniobra.

—¡Eh! ¡Ay, ay! ¿De dónde... ¡Ay! ¡Huoy! ...ha salido ese? ¡Huoy, huoy! ¡Nos pisa los talones!

La salida de la estación se efectuaba por un largo túnel hacia cuya boca avanzaban ahora los dos vehículos, siempre saltando como grillos sobre las traviesas.

De repente, Sousa lanzó la voz de alarma.

—¿Qué es eso?

—¡Huey! ¡Ay! ¿El qué?

—¡Esa luz... ¡Ay! ¡Hey! ... que sale del túnel!

—¡Un tren! –gritó Virgilio–. ¡Que viene un tren! ¡Huy! ¡Hey! ¡Salga de la vía! ¡Ay!

Con un golpe de manillar, Teixeira hizo saltar el motocarro fuera de los raíles.

—¡Que nos la damooos!

El vehículo resbaló cuatro o cinco metros por el terraplén de la vía y volcó al llegar al suelo, quedando ruedas arriba.

El Seat 1500 corrió peor suerte.

Cuando Walthon comprobó lo que se le venía encima, frenó y trató de retroceder. Pero los nervios le hicieron calar el motor, que, ahogado por las últimas exigencias de su chófer, se negó a arrancar de nuevo.

El tren salió del túnel en medio de una espesa humareda. Lo encabezaba una colosal "Santa Fe" y, en cuanto el maquinista advirtió el peligro, comenzó a frenar. Sin embargo, las ochocientas toneladas de vagones carboneros que arrastraba se opusieron a ello implacablemente.

El agente Walthon abrió la puerta del 1500 y saltó fuera en el último instante. Como a cámara lenta, el tren llegó a la altura del Seat. Durante dos o tres metros pareció empujarlo suavemente. De pronto, el capó delantero se hundió por su centro. Las ruedas traseras reventaron. La parte delantera del coche se alzó, se dobló, se plegó sobre sí misma. Estallaron los cristales y volaron por los aires trozos del motor y de la caja de cambios. El tren siguió empujando el coche a lo largo de la vía, aplastándolo más y más sobre sí mismo.

Cuando, al fin, la locomotora se detuvo frente al edificio principal de la estación, había convertido el auto en un amasijo de acero, caucho y cristal. En ese momento, prendió la poca gasolina que quedaba en el depósito y los restos del 1500 ardieron mansamente ante la mirada atónita de rusos, americanos y público en general.

Virgilio, su abuelo, Sousa y Teixeira salieron de la Isocarro volcada palpándose nerviosamente el cuerpo, pero milagrosamente ilesos.

Solo Sousa parecía algo desencajado.

—¡Ay, fadre...! Mi fentafura... He ferdido mi fentafura.

—Toma, hombre –le dijo Teixeira, entregándole sus "castañuelas"–. Estaba ahí, encima de esa piedra.

—¡Uf...! Grafias a Fios... –murmuró el viejo cerrajero, limpiándola en el fondillo del pantalón antes de volver a colocársela.

—Y ahora, ¿adónde vamos? –preguntó Virgilio.

—Con el lío que hay en la estación, yo creo que es buen momento para salir por detrás y largarnos. Si llegamos al "Celta", Pardiñas nos ocultará en el sótano mientras pensamos qué hacer después.

Caminaban los cuatro en fila india por un costado del aparcamiento cuando escucharon una sirena que se acercaba a toda velocidad.

—¡No miréis! –aconsejó el abuelo Carballo–. Seguid andando como si no pasase nada.

Pero claro que pasaba.

El Citroën "Dos Caballos" de la Benemérita se dirigió directamente hacia ellos. Antes de detenerse, Francisco Jimeno ya había saltado del coche.

—¡Alto a la Guardia Civil!

Naturalmente, la llegada del "Dos Caballos" a toda sirena había alertado a las dos docenas de agentes secretos, que, de inmediato, se reagruparon y establecieron sus respectivos dispositivos de seguridad.

En menos que canta un gallo, Virgilio, su abuelo, Sousa, Teixeira y los cuatro guardias civiles se encontraron en el centro de la tela de araña tejida por los hombres de Walthon y Goliadkin, en la que cada agente tenía a alguien del equipo contrario en el punto de mira de su arma.

Los de la Benemérita miraban a su alrededor con nervioso asombro.

—¿Qué hacemos, mi sargento? –preguntó Gutiérrez a Remacha, el jefe del pelotón.

—Ni respiréis –aconsejó el suboficial–. Ya sabéis que los agentes secretos tienen licencia para matar. Jimeno: en menudo lío nos has metido. Ya hablaremos luego de tu nuevo destino. Si salimos con vida, claro.

—Podríamos pedir refuerzos –propuso Jimeno–. Vamos, digo yo...

—Imposible: la radio del coche no funciona –apuntó el número Méndez.

—No quiero ninguna tontería –suplicó el sargento Remacha–. A ver si por hacernos los héroes, convertimos esto en la segunda parte de *Murieron con las botas puestas*. El que pueda, que sonría.

Walthon y Goliadkin se adelantaron.

—¡No se acerquen a mi nieto! –bramó el abuelo Carballo, interponiéndose entre Virgilio y los dos hombres.

El militar y el espía, haciendo caso omiso de la orden, se aproximaron hasta quedar a tres pasos de Virgilio.

—¿Cómo estás, Virgilio? –dijo el ruso.

—Cuánto sin verte, Virgilio –dijo el americano.

—¿Qué tal? –contestó el chico.

—¿Los... conoces? –preguntó Carballo.

—Pues... sí –reconoció el niño–. Les voy a presentar: mi abuelo adoptivo, el señor Carballo. El coronel Goliadkin, del KGB. El agente especial Walthon, de la CIA.

—¡Hombre! –exclamó Goliadkin–. El famoso agente Walthon.

—¡El terrible coronel Goliadkin! –respondió Walthon–. Anda, que no tenía ganas ni nada de conocerle personalmente.

—¡Y yo!

Ambos se estrecharon las manos.

—Le imaginaba más alto.

—Y yo a usted, más gordo.

Pero la incipiente conversación entre los dos hombres fue interrumpida por la entrada en escena de un nuevo automóvil. Se trataba esta vez de un Renault "Fregate", grande, negro y brillante, en cuya aleta derecha ondeaba una banderita de los Estados Unidos.

Se detuvo a muy pocos metros del Citroën blanco y verde de la Guardia Civil y bajaron del mismo cuatro personas: el cónsul de los Estados Unidos, los padres de Virgilio y el doctor Ulysses Watson.

Cuando Virgilio reconoció al científico, no pudo evitar una exclamación de alegría. De inmediato, corrió hacia él y se echó en sus brazos, gesto que no pasó desapercibido para Manuela Carballo.

—¡Doctor Watson! ¡Cuánto me alegro de volver a verle!

—¡Virgilio, chaval! ¡Hay que ver cómo has crecido!

Tras las inevitables presentaciones, tomó la palabra el señor cónsul, un hombre alto, de abundante cabello canoso, que se dirigió directamente a Walthon y Goliadkin.

—Caballeros: he venido a petición del doctor Watson, quien teme que esta situación pueda desembocar en un grave incidente diplomático. Si me lo permiten, voy a exponer una serie de argumentos jurídicos que pueden ser de interés para todos. ¿Les parece?

Todos se mostraron de acuerdo.

—En primer lugar: si Virgilio tuviese la nacionalidad española, dado que nos encontramos en territorio español, la voluntad de sus padres sería inquebrantable. ¡Pero...! Según me acaba de confirmar por telegrama el funcionario Martín Porras Porras, Virgilio nunca ha tenido nacionalidad española. Y tampoco la ha adquirido por adopción. La adopción definitiva solo puede darse tras un período de acogimiento que no ha transcurrido todavía. Por lo tanto, sigue siendo Virgilio Valbuena, de nacionalidad desconocida, y no Virgilio Colás. A pesar de ello, y para evitar una ensalada de tiros que no conduciría a nada bueno, yo les propongo que sea la voluntad del chico la que se imponga, por esta vez, no solo a los deseos de quienes aquí nos encontramos sino, incluso, a los intereses de las dos superpotencias. Que sea el propio Virgilio quien tome la decisión sobre su futuro.

Hubo tímidos aplausos por parte de los guardias civiles, que el cónsul agradeció con inclinaciones de cabeza.

El espía americano y el militar soviético cruzaron una mirada y asintieron, aceptando ambos la propuesta del diplomático.

De inmediato, el agente Walthon tomó la palabra.

—Virgilio: antes de decidir, recuerda que todas nuestras promesas siguen en pie. En cuanto regreses a los Estados Unidos, haremos público tu récord, saldrás en todos los periódicos y tendrás tu propio artículo en las enciclopedias.

—¿Y podré ir a la Luna?

—Te prometo que sí. No en el primer viaje. Pero sí en el segundo o el tercero. Creo que la misión Apollo XIII podría ser la ideal para ese propósito.

Goliadkin no pudo contenerse más.

—¡Eso son tonterrrías yanquis! –clamó–. ¡Pueden pasarrr cien años antes de que los amerricanos pisen la Luna! Tú sabes que la Unión Soviética es la prrrimerra potencia espacial del mundo. ¿Sabes cuál es nuestrrro prróximo prrroyecto? ¡Una estación orbital perrmanente, donde los cosmonautas pasarrán larrgos perríodos de tiempo, viviendo como auténticos hijos del espacio! Y esto no es la prromesa de un prresidente ya muerrto. Es una rrealidad. Si la ilusión de tu vida es serrr un cosmonauta, piensa quién te da mayorrres garrrantías de cumplirr tus sueños, Virrgilio: los amerricanos o nosotrros.

Tras escuchar al coronel Goliadkin, el agente Walthon apretó los puños y se acercó rápidamente al doctor Watson. Le habló en un susurro.

—Esto se pone feo, Watson. Con ese discurso, hasta yo me iría con Goliadkin. Vamos, haga algo. El niño confía en usted. Convénzalo de que venga con nosotros.

Watson miró a Walthon y asintió con la cabeza.

—Virgilio, ¿podría hablar contigo un momento... a solas?

Se metieron ambos en el "Dos Caballos" de la Guardia Civil. Watson se sentó al volante; Virgilio, en el asiento del acompañante.

—No se esfuerce, doctor –dijo Virgilio, nada más cerrar la puerta–. Ya he tomado mi decisión. Supongo que seguirá usted al frente del programa espacial.

—Sí, desde luego.

—Entonces, me voy con usted. Quiero ser astronauta. Es lo que más deseo en este mundo. Quiero pisar la Luna, y luego, Marte y lo que venga. Y confío en la promesa del presidente Kennedy.

Watson carraspeó largamente. Estaba muy serio. Se secó el sudor de la frente con su pañuelo y comenzó a hablar sin preámbulo alguno.

—Virgilio, ¿te acuerdas de una conversación que tuvimos la noche anterior a tu puesta en órbita? La víspera del día "D". Entonces, yo te dije que el universo tiende siempre hacia el desorden. Hacia el caos.

—Ah, sí, doctor, ya lo recuerdo –respondió Virgilio, tras hacer memoria–. El principio de entropía ¿verdad?

—Exactamente. Bueno, pues lo que quiero

contarte tiene que ver con eso. Verás: yo, de pequeño, fui a un colegio para niños superdotados. Cuando me explicaron en clase el principio de entropía, yo tendría tu edad, aproximadamente. Y recuerdo que le dije al profesor que, en mi casa, la entropía funcionaba al revés. Yo me marchaba cada día dejando mi cuarto desordenado y la cama sin hacer. Cuando volvía por la tarde, lo encontraba todo limpio y con cada cosa en su sitio. El profesor se rió mucho y me dijo que la solución al misterio era muy sencilla. Sin duda, mi madre ordenaba mi cuarto mientras yo estaba en el colegio.

Virgilio frunció el ceño. De reojo, a través del cristal de la ventanilla vio a Manuela, apoyada en el Renault "Fregate", con la vista clavada en el suelo.

Watson continuó hablando.

—¿No te ocurre que, a veces, sientes como si la cabeza se te desordenase? Es como si las ideas se pusieran unas sobre otras, fuera de sitio. No sabes qué pensar, tus problemas parecen no tener solución y te encuentras, a la vez, confuso y algo asustado.

—Sí, a veces.

—También a mí me pasaba. Es muy habitual entre chicos muy listos, como tú. Pero, cada noche, mi madre venía a mi cuarto, se sentaba en el borde de la cama y comenzábamos a hablar.

Charlábamos un buen rato. Yo le contaba mis problemas y ella me escuchaba. Luego, ella me daba su opinión o sus consejos y yo sentía que, con cada una de sus palabras, las cosas volvían poco a poco a su sitio y mi cabeza se iba ordenando de un modo más claro y sencillo. Después de cada una de aquellas charlas con mi madre, yo terminaba convencido de que ella era más poderosa que las fuerzas que mueven el universo. Incluso ahora, sigo pensando que solo con la ayuda de una madre es posible enfrentarse con éxito a la entropía y vencer al desorden. Al desorden de tu cuarto... o al de tu cabeza.

Virgilio había colgado una mirada desenfocada en el horizonte que se adivinaba a través del parabrisas. El científico americano decidió terminar.

—Tienes suerte, Virgilio. Tienes ante ti una oportunidad única. Algo que nadie ha podido hacer antes que tú y que, seguramente, tampoco nadie podrá hacer después: puedes decidir si prefieres ser el hijo del universo... o el hijo de Manuela Carballo.

Tras aquellas palabras, Virgilio permaneció en silencio un rato muy largo. De pronto, pareció despertar de golpe. Susurró un *thank you* apresurado al doctor Watson y salió del coche.

Se dirigió al cónsul americano y le comunicó su decisión.

El cónsul llamó a Walthon y a Goliadkin y les transmitió la decisión de Virgilio.

Goliadkin ladeó la cabeza, contrariado. Llamó a sus hombres, se introdujeron todos en los tres Seat negros y desaparecieron.

Walthon también repartió instrucciones entre sus agentes, que se introdujeron, mucho más apretados, claro, en los dos Seat de color gris y también salieron zumbando.

Francisco Jimeno y sus compañeros de la Benemérita saludaron militarmente, montaron en el "Dos Caballos" y se fueron, más despacito, pero con la luz giratoria orgullosamente encendida.

Sousa pidió la ayuda de Teixeira, de Carballo y de Emilio Colás para empujar su motocarro accidentado hasta el taller más próximo. Y hacia allá fueron los cuatro.

Virgilio se cogió de la mano de Manuela y emprendieron juntos el camino a casa.

—¿Quiere que les acerquemos en el auto, señora? –preguntó el doctor Watson, a los mandos del Renault "Fregate"

—No es necesario, gracias. Estamos muy cerquita. Aquí todo está cerca, no como en Los Ángeles.

El científico asintió, con una sonrisa.
Virgilio le guiñó un ojo.

Watson y Walthon llevaron en el coche hasta su domicilio al cónsul norteamericano. Luego, al quedar solos de nuevo, el agente especial se volvió hacia el sabio espacial.

—No ha estado mal, después de todo. No ha venido con nosotros pero tampoco se ha ido con los rusos, que era lo que yo me temía. Aunque no deja de ser una lástima. Ese chico habría sido un magnífico astronauta ¿verdad?

—Ya fue un magnífico astronauta. Y puede que, de mayor, vuelva a serlo. Pero será a su debido tiempo. Ahora tiene que entrenarse para ser un niño.

—Ya. Dígame, doctor: ¿qué le ha contado al chaval para convencerlo?

—Nada importante. Le he hablado de mi madre.

Tras unos segundos de silencio, Walthon estalló en una carcajada.

—¿Su madre? ¡Pero si usted no conoció a su madre!

Watson, sorprendido, frenó el coche y se volvió hacia el agente secreto.

—¿Cómo lo sabe?

—El día en que escogimos a Virgilio entre los

otros candidatos, vi una foto de usted en una de las orlas de fin de curso de aquel... orfanato para superdotados de Missouri.

—Muy perspicaz, agente.

—¡Je! De modo que también es usted uno de ellos ¿eh, doctor? Uno de esos huérfanos condenadamente listos. Como Virgilio.

—No, Walthon. Como Virgilio, no. Ahora él sí tiene una madre. Una madre, un padre, un abuelo... y hasta una cita en París.

—¡Oh, la, lá! ¡Los hay con suerte! Pues yo también tengo una cita ¿sabe? He quedado para comer con el coronel Goliadkin en un bar donde, por lo visto, hacen una paella de chuparse los dedos. ¿Ha probado usted la paella, doctor?

—No.

—¿Se apunta?

—Me apunto.

Si te ha gustado este libro, también te gustarán:

Silvia y la máquina Qué, de Fernando Lalana
y José María Almárcegui

El Barco de Vapor (Serie Naranja), núm. 83

En Arás viven Silvia y sus seis abuelos. Las cosas no marchan bien en el pueblo y los abuelos tienen que ir deshaciéndose de sus pertenencias para ir comprando útiles más necesarios. Pero un día, el abuelo Esteban encuentra un anuncio en el periódico que puede cambiar la vida de los habitantes del pueblo.

Aurelio tiene un problema gordísimo,
de Fernando Lalana y José María Almárcegui

El Barco de Vapor (Serie Naranja), núm. 84

Aquel día, Aurelio abrió los ojos y se dio un susto de muerte. Allí, a lo lejos, sobresaliendo por el otro extremo de la cama, podía ver dos pies enormes y... ¿desconocidos?

Completamente embrujado, de Christian Bieniek

El Barco de Vapor (Serie Naranja), núm. 151

A Florián le encanta hacer juegos de magia; lo que pasa es que no le salen muy bien. Pero su hermana Julia no para de crisparle los nervios, tanto que al chico le dan ganas de transformarla en un conejo. Y, de repente, Julia desaparece y entra en escena un conejo con unos gustos parecidísimos a los de Julia... ¿De verdad ha funcionado el truco esta vez?

EL BARCO DE VAPOR

SERIE NARANJA (a partir de 9 años)

1 / Otfried Preussler, **Las aventuras de Vania el forzudo**
2 / Hilary Ruben, **Nube de noviembre**
3 / Juan Muñoz Martín, **Fray Perico y su borrico**
4 / María Gripe, **Los hijos del vidriero**
6 / François Sautereau, **Un agujero en la alambrada**
7 / Pilar Molina Llorente, **El mensaje de maese Zamaor**
8 / Marcelle Lerme-Walter, **Los alegres viajeros**
10 / Hubert Monteilhet, **De profesión, fantasma**
13 / Juan Muñoz Martín, **El pirata Garrapata**
15 / Eric Wilson, **Asesinato en el «Canadian Express»**
16 / Eric Wilson, **Terror en Winnipeg**
17 / Eric Wilson, **Pesadilla en Vancúver**
18 / Pilar Mateos, **Capitanes de plástico**
19 / José Luis Olaizola, **Cucho**
20 / Alfredo Gómez Cerdá, **Las palabras mágicas**
21 / Pilar Mateos, **Lucas y Lucas**
26 / Rocío de Terán, **Los mifenses**
27 / Fernando Almena, **Un solo de clarinete**
28 / Mira Lobe, **La nariz de Moritz**
30 / Carlo Collodi, **Pipeto, el monito rosado**
34 / Robert C. O'Brien, **La señora Frisby y las ratas de Nimh**
37 / María Gripe, **Josefina**
38 / María Gripe, **Hugo**
39 / Cristina Alemparte, **Lumbánico, el planeta cúbico**
44 / Lucía Baquedano, **Fantasmas de día**
45 / Paloma Bordons, **Chis y Garabís**
46 / Alfredo Gómez Cerdá, **Nano y Esmeralda**
49 / José A. del Cañizo, **Con la cabeza a pájaros**
50 / Christine Nöstlinger, **Diario secreto de Susi. Diario secreto de Paul**
52 / José Antonio Panero, **Danko, el caballo que conocía las estrellas**
53 / Otfried Preussler, **Los locos de Villasimplona**
54 / Terry Wardle, **La suma más difícil del mundo**
55 / Rocío de Terán, **Nuevas aventuras de un mifense**
61 / Juan Muñoz Martín, **Fray Perico en la guerra**
64 / Elena O'Callaghan i Duch, **Pequeño Roble**
65 / Christine Nöstlinger, **La auténtica Susi**
67 / Alfredo Gómez Cerdá, **Apareció en mi ventana**
68 / Carmen Vázquez-Vigo, **Un monstruo en el armario**
69 / Joan Armengué, **El agujero de las cosas perdidas**
70 / Jo Pestum, **El pirata en el tejado**
71 / Carlos Villanes Cairo, **Las ballenas cautivas**
72 / Carlos Puerto, **Un pingüino en el desierto**
73 / Jerome Fletcher, **La voz perdida de Alfreda**
76 / Paloma Bordons, **Érame una vez**
77 / Llorenç Puig, **El moscardón inglés**
79 / Carlos Puerto, **El amigo invisible**
80 / Antoni Dalmases, **El vizconde menguante**
81 / Achim Bröger, **Una tarde en la isla**
83 / Fernando Lalana y José María Almárcegui, **Silvia y la máquina Qué**
84 / Fernando Lalana y José María Almárcegui, **Aurelio tiene un problema gordísimo**
85 / Juan Muñoz Martín, **Fray Perico, Calcetín y el guerrillero Martín**
87 / Dick King-Smith, **El caballero Tembleque**
88 / Hazel Townson, **Cartas peligrosas**
89 / Ulf Stark, **Una bruja en casa**
90 / Carlos Puerto, **La orquesta subterránea**
91 / Monika Seck-Agthe, **Félix, el niño feliz**
92 / Enrique Páez, **Un secuestro de película**
93 / Fernando Pulin, **El país de Kalimbún**
94 / Braulio Llamero, **El hijo del frío**
95 / Joke van Leeuwen, **El increíble viaje de Desi**
96 / Torcuato Luca de Tena, **El fabricante de sueños**
97 / Guido Quarzo, **Quien encuentra un pirata, encuentra un tesoro**
98 / Carlos Villanes Cairo, **La batalla de los árboles**
99 / Roberto Santiago, **El ladrón de mentiras**
100 / Varios, **Un barco cargado de... cuentos**
101 / Mira Lobe, **El zoo se va de viaje**
102 / M. G. Schmidt, **Un vikingo en el jardín**

103 / *Fina Casalderrey*, **El misterio de los hijos de Lúa**
104 / *Uri Orlev*, **El monstruo de la oscuridad**
105 / *Santiago García-Clairac*, **El niño que quería ser Tintín**
106 / *Joke Van Leeuwen*, **Bobel quiere ser rica**
107 / *Joan Manuel Gisbert*, **Escenarios fantásticos**
108 / *M. B. Brozon*, **¡Casi medio año!**
109 / *Andreu Martín*, **El libro de luz**
110 / *Juan Muñoz Martín*, **Fray Perico y Monpetit**
111 / *Christian Bieniek*, **Un polizón en la maleta**
112 / *Galila Ron-Feder*, **Querido yo**
113 / *Anne Fine*, **Cómo escribir realmente mal**
114 / *Hera Lind*, **Papá por un día**
115 / *Hilary Mckay*, **El perro Viernes**
116 / *Paloma Bordons*, **Leporino Clandestino**
117 / *Juan Muñoz Martín*, **Fray Perico en la paz**
118 / *David Almond*, **En el lugar de las alas**
119 / *Santiago García-Clairac*, **El libro invisible**
120 / *Roberto Santiago*, **El empollón, el cabeza cuadrada, el gafotas y el pelmazo**
121 / *Joke van Leeuwen*, **Una casa con siete habitaciones**
122 / *Renato Giovannoli*, **Misterio en Villa Jamaica**
123 / *Miguel Ángel Moleón*, **El rey Arturo cabalga de nuevo, más o menos**
124 / *José Luis Alonso de Santos*, **¡Una de piratas!**
125 / *Thomas Winding*, **Mi perro Míster**
126 / *Michael Ende*, **El secreto de Lena**
127 / *Juan Muñoz Martín*, **El pirata Garrapata en la India**
128 / *Paul Zindel*, **El club de los coleccionistas de noticias**
129 / *Gilberto Rendón Ortiz*, **Los cuatro amigos de siempre**
130 / *Christian Bieniek*, **¡Socorro, tengo un caballo!**
131 / *Fina Casalderrey*, **El misterio del cementerio viejo**
132 / *Christine Nöstlinger*, **Simsalabim**
133 / *Santiago García-Clairac*, **El rey del escondite**
134 / *Carlo Frabetti*, **El vampiro vegetariano**
135 / *Angela Nanetti*, **Mi abuelo era un cerezo**
136 / *Gudrun Pausewang*, **Descalzo por la ciudad**
137 / *Patrick Modiano*, **Los mundos de Catalina**
138 / *Joan Manuel Gisbert*, **El mensaje de los pájaros**
139 / *Anne Fine*, **Caca de vaca**
140 / *Avi*, **La rata de Navidad**
141 / *Ignacio Padilla*, **Los papeles del dragón típico**
142 / *Ulf Stark*, **La visita del jeque**
143 / *Alfredo Gómez Cerdá*, **La noche de la ciudad mágica**
144 / *Agustín Fernández Paz*, **Avenida del Parque 17**
145 / *Ghazi Abdel-Qadir*, **El regalo de la abuela Sara**
146 / *Marie Desplechin*, **¡Por fin bruja!**
147 / *Emili Teixidor*, **La vuelta al mundo de la hormiga Miga**
148 / *Paloma Bordons*, **Cleta**
149 / *Rachel Flynn*, **¡Estás despedida!**
150 / *Thomas Winding*, **Mi perro Míster y el gato**
151 / *Christian Bieniek*, **Completamente embrujado**
152 / *Azouz Begag*, **De una a otra orilla**
153 / *Christine Nöstlinger*, **Federica la pelirroja**
154 / *Concha López Narváez*, **Paula y el amuleto perdido**
155 / *Concha López Narváez*, **Paula y el rey niño**
156 / *Fernando Lalana y José María Almárcegui*, **Virgilio o el genio moderno**
157 / *Miguel Ángel Mendo*, **No te lo tomes al pie de la letra**